転生少女は
救世を望まれる
2
～平穏を
目指した私は
世界の重要人物だったようです～

ダスティン
魔道具師として、魔道具工房を開いている男性。なかなか心を開かない、クールな性格。
ジャック
スラム街の市場で、店番をしていた男性。ロペス商会に雇われている。努力家で、意外と優しい。
レーナ
10歳。家族とともにスラムで生活していたが、ロペス商会に雇われる。日本人だった前世の記憶を思い出し、街中での平穏な暮らしを目指す。
主な登場人物

ポール
ロペス商会で働いている。食べることが大好き。
ニナ
ロペス商会で働いている。辛いオニーが好き。
クレール
ダスティンの魔道具工房で出会った青年。ダスティンとは小さい頃からの知り合いらしい。
ギャスパー
ロペス商会の商会長。有能で、この若さでロペス商会を急成長させている。穏やかな印象の外見と違い、貪欲に上を目指している。
エミリー
レーナの友達。活発で明るく、友達思いな性格。気が強い部分もある。

Contents

転生少女は救世を望まれる 2

～平穏を目指した私は世界の重要人物だったようです～

蒼井美紗

イラスト
蓮深ふみ

1章　街中での生活

　仕事2日目の朝。私は昨日と同じように外門までお父さんに送ってもらい、街中に入った。余裕を持って家を出たので、ロペス商会の本店に到着したのは少し早めの時間だ。

　裏口から中に入ると、ちょうどジャックさんが更衣室から出てきたところだった。他にはポールさんと、もう1人優しい雰囲気の男性がいる。

「おはようございます！　今日もよろしくお願いします」

　挨拶《あいさつ》は大事だと笑顔で声をかけると、3人は私と同じように笑顔で挨拶を返してくれた。

「今日も早いな。昨日はかなり頑張ってたってニナに聞いたけど、疲れてねぇか？」

「うん、全く問題ないよ。ジャックさんはどう？　本店での仕事は大変？」

「そうだなぁ、かなり大変だ。でもやりがいがあって楽しいぞ」

　そう言ってニッと笑みを浮かべたジャックさんは、凄く凄くかっこいい。ここにスマホがあったら確実に連写してたよ……。本当にジャックさんって、この制服が似合ってるよね。

　それに長髪ポニーテール。これが本当にかっこいい。長髪イケメン……推せるっ！

　私がそんな馬鹿なことを考えていると、ジャックさんも私の姿をじっと見つめていた。

「レーナがその格好してると、今まで通りでなんか落ち着くな」

「そうかな？」

確かにジャックさんとは、このスラムの格好で接してる時間の方がまだ長いもんね。

「そうだ、レーナ。更衣室に入る前に、ちょっとそこで待っててくれるか？」

ジャックさんは突然何かを思い出したような顔をして、男性用の更衣室に入っていった。なんだろうと不思議に思いながら待っていると、手に何かを持ってすぐに戻ってくる。

「これ、レーナにあげようと思ってたんだ。商会員になれた祝い？　みたいな感じだな。あとは俺が本店勤務になれたのはレーナのおかげもあるから、その礼も兼ねて」

そう言って爽《さわ》やかな笑みを浮かべながら渡してくれたのは、新品の櫛《くし》と整髪料だった。櫛はスラム街でジャックさんが貸してくれてたものと絵柄違いのお揃《そろ》いで、整髪料は同じものだ。

「もらっていいの？」

「ああ、もちろんだ。ここで働くなら、今まで以上に綺麗《きれい》にした方がいいだろ？」

「ジャックさん……ありがとう！」

私は嬉《うれ》しさと感動のあまり、声が大きくなってしまった。

ジャックさん、外見だけじゃなくて行動もイケメンなんて完璧《かんぺき》すぎる。

私も今度、何かプレゼントを渡そう。10日後に給料が入ったら、そこまで高くないものなら買えるよね。ジャックさんは私のおかげだって言うけど、どちらかといえばジャックさんのおかげで私が今ここにいるんだから。

「お前、そういうこともできるのかよ！　行動までイケメンとかどうなってるんだよ！」

私が感動していたら、ポールさんが横からツッコミを入れた。その意見には完全に同意だ。ポールさん、私と気が合うね。

「レーナには世話になったし、礼をしただけだろ。ポールもレーナに何かあげたらどうだ？」

「うっ……そうだけど、僕があげてもイケメンな行動にならないんだよ！　やっぱり顔か、顔なのか！」

確かに、ポールさんが「これからよろしくね」って何かをくれたとしても、凄くいい人だって嬉しく思うだけで、イケメンだとはならない気がする。もちろん内面は大切なんだけど、やっぱりそれに外見も合わさると最強なのだ。ジャックさんはその最強だよね。

ポールさん……頑張ってください。

そんな失礼なことを内心で考えていると、ポールさんとジャックさんで話が盛り上がっていたので、私はこの場を退散することにした。

「じゃあ私、着替えてきますね」

そうして更衣室に向かい、今日は1人で着替えをする。そしてジャックさんからもらった整髪料を少しつけて櫛で梳《と》かし、綺麗に髪の毛を紐《ひも》で縛り直したら完成だ。

姿見に自分を映すと……完璧だ。めっちゃ綺麗。この格好になると気が引き締まるね。

仕上がりに満足してから休憩室に戻ると、もうジャックさんとポールさんはいなくて、そこにはニナさんだけがいた。

「あっ、レーナちゃん、おはよう」

「ニナさん、おはようございます」

ニナさんの柔らかい笑みに、制服を着たことで僅《わず》かに生まれていた緊張が解けた。

「制服、ちゃんと着られてるわね」

「はい。今日もよろしくお願いします」

「ええ、今日も1日頑張りましょう。授業は午後の予定だから、午前中は昨日に引き続き計算よ。今日は遠い場所の配達しかないから、レーナちゃんの配達はお休みね」

今日の午前中はずっと計算なんだ。それならかなり進められるかな。1週分はやり切ることを目標に頑張ろう。

それから計算の仕事に集中していると、気づいたらお昼休憩の時間になっていた。固まっていた体をほぐすように伸ばしてから休憩室に入ると、そこにはポールさんがいる。

「ポールさんも休憩ですか？」

「そうだよ。よろしくね」

笑顔のポールさんに癒《いや》されながら、更衣室に入って用意してきたお昼ご飯を取り出した。

私のお昼ご飯は、今日から数日は焼きポーツのみだ。ポールさんの向かいの席に腰掛けて、お母さんが持たせてくれた、冷えて少し固い焼きポーツを口に入れる。

……うん、美味しくないわけじゃないけど、凄くシンプル。最近は味が濃くて美味しいものを食べられてたから、今までより味が薄く感じる気がする。

「レーナちゃん、それだけなの？」

「はい。ポールさんは今日もたくさん食べますね」

ずらっと並べられた美味しそうな料理を見て、なんの他意もなくそう口にした。

早く私も、好きなだけ美味しいものが食べられるようになりたいな。そんなことを考えていると、ポールさんが食事の手を止めていることに気づいた。自分の食事と私の焼きポーツを何度か見比べて、ラスート包みの1つを半分に割ると、「これあげるよ」と差し出してくれる。

そこで私はやっと、さっきの発言は嫌味に受け取られたかもと思い至った。

「い、いえ、大丈夫です。そんな悪いので……」

慌《あわ》てて両手を振りながら断ったけど、ポールさんはラスート包みをもう一度差し出してくれる。

「でもそれだけじゃ、お腹が空《す》くでしょ？」

確かに焼きポーツは成長期の体に対して、十分な量じゃないんだけど……。ポールさんのニコニコとした人のいい笑みを見て、私はそっと半分のラスート包みに手を伸ばした。

「本当に、いいのですか？」

「もちろんだよ。美味しいものは皆で食べた方がいいからね」

ポールさん、いい人すぎる……！

「ありがとうございます。いただきます」

私は感動しながら、ラスート包みを両手で受け取った。

「私はあげられるものがないのですが……焼きポーツ、食べますか？」

お礼にと自分が持っているものを見回したけど、もちろん焼きポーツしかなく、申し訳なく思いながらも提案した。するとポールさんは、思いのほか焼きポーツに興味を持ってくれる。

「それって初めて見るんだけど、スラムではよく食べられてるの？」

「はい。よく食べられてるどころか、毎日3食これですね」

私のその言葉にポールさんは衝撃を受けたようで、「スラムの人たちって凄いね……」と謎の尊敬を抱いたらしい。

「それだけで毎日元気に働けるなんて、僕には信じられないよ」

「それが焼きポーツって、意外と腹持ちがいいんですよ。まあ、十分な量とは言えませんが」

「へぇ～そうなんだ。……ちょっと、もらってもいい？」

「もちろんです」

焼きポーツの半分ほどを手でちぎってポールさんに渡すと、ポールさんはじっくりと観察してから、大口で焼きポーツにかぶりついた。

しばらく静かに咀嚼《そしゃく》して……楽しそうな笑みを浮かべる。

「これ美味しいね。食感が凄くいいと思う。なんで街中にはないんだろう」

「……ポーツは貧しい人たちの嵩増しだってイメージなんでしょうか？」

「うーん、でもラスート包みにポーツが入ってたりするんだよね。もしかしたらポーツを主食にするっていう考えがないのかも。これさ、お肉を巻いて焼いたりしたら絶対に美味しいと思わない？　あと最後にタレを絡めたら最高だと思う」

おおっ、確かに。シンプルな味だからアレンジはなんでも合う気がする。もちもちとして、ほのかに甘い焼きポーツに肉が巻かれて、さらにタレの味が染みたら……絶対に美味しいね。

「ポールさん、それ最高です」

「今度作ってみようかなぁ。この焼きポーツってどうやって作るの？」

「え、ポールさんって料理するんですか？」

「もちろん。美味しい物の追求には自分が作れないとね」

ポールさん凄いな……ポールさんおすすめのものなら、絶対に美味しい料理な気がする。今度街中の食堂やカフェを開拓する時には、ポールさんに相談しよう。

「焼きポーツは簡単です。ポーツを茹《ゆ》でて皮ごと潰《つぶ》し、そこにラスートを少し加えます。そして平べったく丸く成形して、あとは焼くだけです。フライパンにくっ付いたら、焼く時に水も少し入れてます」

「へぇ、それなら今夜にでもできそうだよ。やってみたら感想を教えるね」

「楽しみにしてますね」

それからも2人で楽しく話をしながら休憩をしていると、気づいたら休憩時間は終わりとなり、ついに筆算の授業をする午後となった。

ポールさんも授業を聞く商会員に選ばれているということで、一緒に2階の会議室へ向かう。するとそこには、すでにジャックさんとニナさんが集まっていた。

「お、レーナ来たな」

「待ってたわ。今日は私たちとポール、それからギャスパー様が受けられるからよろしくね」

「そうだったのですね。よろしくお願いします」

最初の授業だから、緊張しないようにってメンバーを考えてくれたのかな。ありがたい。

「もうお昼は食べた？」

「はい、さっきポールさんと。ラスト包みを半分くださって、美味しかったです」

「ポールが誰かに食べ物をあげるなんて……驚きね」

「なっ、僕だってそんなに意地汚くないよ!?」

ニナさんの驚愕《きょうがく》の表情を見て、ポールさんが心外だというように突っ込んだ。そうして4人で楽しく話をしていると、ギャスパー様が会議室に入ってくる。

「待たせたかな?」

「いえ、大丈夫です」

「それならよかった。じゃあ皆、席に着こうか。レーナの席はそこで、私たちがこちらに分かれて座ろう」

ギャスパー様に指定されたのは、いわゆるお誕生日席とも言われる、会議室では発表者や一番の上司が座る場所だった。私はその場所に緊張しつつ腰を下ろし、4人の様子を順番に確認していく。

全員の準備が整っていたので最後にギャスパー様に視線を向けると、始めてもいいと言うように頷《うなず》いてくれたので、さっそく授業を始めることにした。

私の手元には黒板と白い石、さらには昨日準備した掛け算九九を書き記した紙などがある。

「レーナです。筆算の授業を始めさせていただきます。まずは……皆さんが普段どのように計算を行っているのかについて、聞いてもいいでしょうか。例えば5×7、こちらの計算をしなければいけない時はどうしますか？　手元に計算機はないものと考えてください」

その質問に、まず口を開いてくれたのはジャックさんだ。

「計算機がない状態でそんな計算をすることがまずないんだが……もし今俺が答えを導き出すとしたら、5を7回足すな。それ以外の方法は思い浮かばない」

……まあそうだよね。私も九九を暗記してなかったら、その方法しか思い浮かばないかも。

とりあえず、掛け算九九の暗記は必須かな。いくら筆算が便利でも、1桁《けた》の掛け算をすぐにできなければ教えても意味がない。

「私は1桁の掛け算は、全て暗記しています。これを暗記すると本当に便利なので、皆さんにもぜひ覚えて欲しいです」

そう伝えてから、昨日準備した九九を全て書き記した紙を4人に見せた。するとギャスパー様がその紙を手に取って、私に視線を向ける。

「ではレーナ、8と7をかけると？」

「56です」

ギャスパー様の質問に間髪入れずに答えると、4人は表情を驚きに変えた。暗記してなかったら、答えを導き出すのって大変だもんね。

「じゃあ、９と６は答えられるか？」

「54です」

「レーナちゃん、５と８は？」

「40です」

ジャックさん、ニナさんに尋ねられた計算にもすぐに答えると、全員が感心したような表情を浮かべて私を凝視した。

「本当に覚えてるんだな……すげぇな」

「確かにこれを覚えていたら楽になるね」

「レーナちゃん、すごいわ」

「さすがに僕でも暗記はしていなかったよ……」

「掛け算や割り算の筆算で、１桁の掛け算を暗記していることは重要なので覚えて欲しいです。……では暗記は皆さんにお願いするとして、筆算のやり方の説明に入ります」

まずは簡単なところからということで、足し算と引き算のやり方から説明することにした。

この商会で働く皆は筆算のやり方を知らないだけで、数字の概念はしっかりと理解しているので問題なく授業は進む。

「足し算と引き算に関してはシンプルだね。問題なく理解できたよ」

「よかったです。桁が増えても同じ方法で計算できますので、あとでやってみてください。では次は掛け算を教えていきますね」

私はまず一番簡単な、2桁と1桁の掛け算を黒い板に書いて皆に見せた。そして掛けていく順番や、10の位の数字をメモする位置なども説明していく。

「これが筆算なのですが、どうでしょうか」

「やはりこれはとても素晴らしいよ。算術に革命が起きるかもしれないね。レーナ、もっと桁が多い計算をやってみてくれないかい？」

「分かりました。では数字が大きい2桁同士の掛け算と、3桁の掛け算もやってみますね」

私が間違えるとややこしくなるので慎重に、皆に分かりやすいように説明しながら計算していくと……計算を終えた時に理解できていたようなのは、ポールさんだけだった。

「レーナちゃん、これは凄いよ！　僕は今、感動してる。計算機なしでこんなに大きな桁の計算結果が出せるなんて……！」

ポールさんの勢いに若干引きながらよかったですと答えると、ギャスパー様が苦笑しながら口を開いた。

「計算機はかなり大きなものだし値段も高いし、どこでも使えるものではないからね。こうして紙とペンさえあれば答えが出せるというのは、本当に画期的だよ」

やっぱり計算機って高いんだ。確かに複雑そうだし大きかった。日本の電卓みたいなものがあれば筆算のありがたみは薄れるんだろうけど、この世界ではかなり有用なはずだ。

「従来の算術よりも、かなり簡易なのも凄い」

そう言ったギャスパー様に、ジャックさんが少し躊躇《ためら》いながら口を開いた。

「これは本当に、簡易なのですか？　途中から理解できなかったのですが……」

「私も途中から、何をやっているのか分からなかったです」

ニナさんとジャックさんの言葉に、ギャスパー様は苦笑しつつ頷く。

「私もだよ。ただ算術よりも簡易であることは確かだと思うよ。現に……ポールは理解できたようだからね」

ギャスパー様に視線を向けられたポールさんは、興奮しながら頷いた。

「はい！　とても覚えやすく規則的な計算方法でした。これを思いついたレーナに僕は感動が止まりません！」

ポールさんから、キラキラとした尊敬の眼差《まなざ》しを向けられている。ポールさんって計算が得意なだけじゃなくて、数学が好きなんだね。

「分かった分かった。ポール、ちょっと落ち着きなさい。私たちも理解できるようレーナに説明してもらうから、ポールは自習していていいよ。ぜひレーナがいなくても筆算を使いこなせるようになってくれ」

「かしこまりました！」

ギャスパー様はそう言ってポールさんを静かにさせると、私に視線を戻した。

「ではレーナ、やり方の説明を詳しくお願いしたい」

「かしこまりました」

それからの授業時間ではひたすら掛け算のやり方を覚えてもらい、2桁の計算をなんとかできるようになってきたかな……という頃に、授業が終わりの時間となった。

あと何回かは掛け算に特化して、それから割り算かな。九九の暗記状況によって進捗《しんちょく》は変わりそうだ。今日は九九の表を見ながら計算してもらったから、時間がかかった。

「ふぅ、少し疲れたね」

「俺はもう頭がおかしくなりそうです……」

ジャックさんは青白い顔で机に突っ伏してそう言った。ジャックさんは計算が苦手と言っていただけあって、他の3人よりもかなり苦戦していたのだ。ギャスパー様とニナさんは、一般的には優秀な部類だと思う。ただポールさんが優秀すぎて霞《かす》んでたけど。

「凄く楽しかったです。ご飯を食べる時間以外でこんなに楽しいのは久しぶりです。レーナ、君は天才だよ」

「ありがとうございます。私からしたら、ポールさんの方が天才だと思います」

私は天才じゃなくて日本の義務教育が凄いだけだから、ポールさんは本当に凄いと思う。こういう人を見つけて雇ってるギャスパー様も凄い。

「じゃあ、今日は解散にしようか。レーナ、続きはまた今度よろしくね。他の皆も何グループかに分けて授業を受けてもらうから、今日と同じように頼むよ」

「かしこまりました。精一杯頑張らせていただきます」

最後にギャスパー様からの言葉をもらい、初回の授業は概《おおむ》ね成功で終わりとなった。

ちょっと肩の荷が下りたかな……緊張してたけど、上手《うま》く説明できてよかった。

＊＊＊＊

「筆算とは、本当に素晴らしい発明だね」

私はレーナの授業を受けたあと、商会長室で先ほどの授業で取ったメモを眺《なが》めていた。

足し算と引き算ももちろん凄いけれど、何よりも掛け算だ。掛け算を計算機なしでできるなど、どれほど有益か。そして1桁の掛け算を全て暗記するという大胆な方法もとてもいい。

あれを暗記するのは大変だろうけど、そのメリットは計り知れない。なぜ今まで暗記しようと思いつかなかったのかと、自分を責めたいほどだ。

割り算のやり方は少し聞いただけで理解はしていないけど、あちらも掛け算同様に画期的な手法なのだろう。そちらも学ぶのが楽しみだ。

「さて、これをどうするか」

うちの商会だけで秘匿していいようなものではないことは確かだ。大々的に広めなければいけない。やはり……研究として国に提出すべきかな。

私は算術にあまり詳しくないからなんとも言えないけれど、あれは上で情報を独占しているというよりも、内容の難しさからほとんどの人が理解していない学問という感じだったはず。

それならば算術分野の研究を発表しても、学者などから目をつけられることはないだろう。

それどころか、算術がより多くの人に知ってもらえる機会だと歓迎されるかもしれない。

諸々《もろもろ》考慮して、研究として提出するのが一番かな。

あとの問題は研究者の名前だ。レーナに話をして名前を使っていいのであればレーナの名前で、もし嫌がるのならロペス商会の名前で提出してもいい。

有益な研究はそれ自体がお金になることはないけれど、とても名誉なことで国から名前を覚えてもらえる。さらにその研究結果によって何か事業が始まる場合には、研究者にお金が入ったり、監修を求められ給金がもらえたりする。

「まずはレーナに話をしないとかな」

私はそう結論づけると、掛け算九九を暗記するために頭を使うことにした。商会長として、商会員に負けるわけにはいかないのだ。

＊＊＊＊

ロペス商会の本店で働き始めてから、数日が経過した。今日の午前中はいつものように配達に出かけていて、次が本日最後の配達先、ダスティンさんの工房だ。

初めてダスティンさんと会った日に配達以外で来るといいって言われたけど、まだ仕事が休みの日になっていないので行けないでいる。ちなみに仕事の休みは10日に1度だ。週の最終日が私の休みの日と定められた。基本的にこの国では、10日に1度しか休まないのだそうだ。

「ロペス商会です。ご注文の品をお届けに参りました」

ドアをノックして声をかけると、最初とは違って工房の中から足音が聞こえ、中からドアが開かれた。しかし……現れたダスティンさんは、頭のてっぺんから爪先まで水浸しだ。

「えっと……大丈夫、ですか？」

「ああ、すまないが私はこんな状態だから、中に商品を置いてくれるか？」

「分かりました」

そうしてまたもや工房の中に招かれた私は、工房内の惨状に自分の目を疑った。工房内は全てが水浸しで、さらに家の中で嵐でも起きたのかというほどに物が散乱していたのだ。

「……えっと、強盗に襲われたとか？」

「違う。研究中の魔道具を試しに起動したら、少し失敗しただけだ」

「これが少し……なんでしょうか？」

工房の真ん中に私の身長よりも大きな箱があるので、これが開発中の魔道具だろうか。ただ箱は、ボロボロに破れている。金属っぽい硬そうな素材の箱が、内側から破れてる感じだ。

何をどうしたらこんなことになるんだろう。それにこんな惨状を引き起こす魔道具って、何を研究してるんだ。

「うわっ」

「おっと、大丈夫か？」

工房内を見回していたら足元が疎《おろそ》かになっていたようで、滑って転びそうになったところをダスティンさんが腕を掴《つか》んで助けてくれた。

「ありがとうございます。すみません」

荷物は机の上に置いてたからよかったけど、転んでいたら制服がダメになるところだった。

それにしてもこの水、ただの水じゃなさそうだね。かなり滑ってるし……石鹸《せっけん》とか？

「何かを綺麗にする魔道具なんですか？」

「そうだ。ボタン1つで中に入れたものが瞬時に綺麗になる魔道具があったら、便利だと思わないか？　例えばこの木の椅子……だったはずのものなんだが、これはしばらく外に放置していたため真っ黒だったんだ。一応綺麗にはなっただろう？」

――うん。その木の破片みたいなやつが元は木の椅子だったのなら、黒ずみは取れてるね。ただその代わりに原型を留めないほどバラバラで、周囲にあるものを破壊するけど。

「……なんだその顔は」

「いいえ、魔道具作りって大変なんだなーと」

「そうだな。でもそこが楽しいんだ」

そう言ったダスティンさんの声音は明るくて、思わず顔を見上げると、そこには僅かな笑みを浮かべたダスティンさんがいた。

この人って最初の印象は神経質そうであんまり仲良くなれないかもって思ったけど、全然そんなことなさそう。素直で1つのことに熱中しすぎるタイプで、あと意外と面白い人かも。

「何がダメだったのかを洗い出して、次は魔法の種類を変えてみるか……それとも箱の強度の問題か？」

ダスティンさんは私の隣で、ぶつぶつと独り言を呟《つぶや》きながら改良案を考えている。でも……箱の強度とかいう問題じゃない気がする。私は工房内の惨状に目を向け、思わず口を開いた。

「これって要するに、洗浄の魔道具？　みたいなやつですよね」

「そうだな」

「それなら洗浄の対象を限定した魔道具にした方が、成功の確率は上がるのではないでしょうか。これは威力が強すぎたみたいですし、例えば服を綺麗にする魔道具にすれば、そこまでの強さは必要ないと思うんですが……」

綺麗にするってところから日本にあった洗濯機を思い出してそんな提案をしてみると、ダスティンさんは私の顔をずいっと覗《のぞ》き込んで「それだ」といい声で呟いた。

「服だけに限定しても売れますか？　今までそういう魔道具って作られてないのでしょうか？」

「ああ、今まで魔道具を使うのは基本的に貴族だったんだ。だから下働きがこなす仕事を代替するようなものは、ほとんど研究されなかった。しかし最近は魔道具を一部の平民が買えるようになっているからな……たぶん売れる。洗濯業者が狙い目だな」

そういう事情があるんだね。確かに洗濯機とか、下働きの人が全て綺麗にしてくれる貴族たちには売れなそうだ。

「洗濯業者なんてあるのですね。頼んだら服を綺麗にしてくれるところでしょうか？」

「そうだ……って、頼んだことがないのか？　そういえば、スラム出身だと言っていたな。街中にはそこかしこに服を綺麗にする洗濯屋があるんだ」

そんな場所があるなんて便利でいいね。私も街中に引っ越したらお願いしたいな。洗濯って手がかなり荒れるし、できれば避けたい仕事なのだ。

「それなら開発の甲斐《かい》がありますね」

「ああ、どんな魔法や魔石、素材を組み合わせればいいのか、色々とイメージが湧いてきた」

ダスティンさんはそう呟くと、早く開発に戻りたいのか受け取りのサインを書いて、商品の確認を素早く済ませてくれた。そして私が工房をあとにしようとすると、いくつかの素材を棚から取り出しながら声をかけられる。

「レーナ、今度の仕事がない日に研究の成果を聞きに来るといい。アイデアをもらうぞ。アイデア料は……今度来た時に支払うのでいいか？」

「え、そんなのもらっちゃっていいんですか？」

「当たり前だろう？　成果には正当な報酬が必要だ」

——もらっていいのかな。私は綺麗にする対象を絞った方がいいって提案しただけなのに。

でもダスティンさんがいいって言ってるし、今はお金が欲しいし……もらえるものはもらっておこう。自分の中でそう結論づけると、私はダスティンさんに頭を下げた。

「ありがとうございます。今度で大丈夫です」

「分かった。じゃあ待っている」

そうして思わぬ副収入を約束して、ダスティンさんの工房をあとにした。あんな少しのアイデアにお金を払ってくれるなんて、やっぱりあの人っていい人だね。

私は次の休みが楽しみで、足取り軽くお店に戻った。


お店に戻るとちょうどお昼休みの時間だったので、荷物を片付けて休憩室で昼食を食べることにした。今日の休憩時間が被《かぶ》っていたのはジャックさんとポールさんだったようで、2人はすでにご飯を食べ始めている。

「レーナ、お疲れ。もう仕事には慣れたか？」

「うん。ジャックさんはどう？」

「俺もかなり慣れたな。ただ覚えることが多くてかなり疲れる」

「それは分かる。私も夜はぐっすりだよ」

最近は布団のチクチクも虫も全く気にならないほどに眠りが深くて、街中で働いている思わぬ利点だ。肉体的にはスラム街での仕事の方が疲れるものなのかもしれないけど、やっぱりここでの仕事の方が圧倒的に頭を使うので慣れてなくて疲れる。

瀬名風花《せなふうか》は事務作業なんて毎日やって慣れていたけど、レーナの体では初めてだからね。

「なんかいい匂《にお》いがする」

更衣室に焼きポーツを取りにいこうとしたけど、その前に匂いが気になってそう呟くと、ポールさんが瞳を輝かせて私にお皿を差し出した。

「レーナちゃん、これ見て！」

お皿の上に載っていたのは、タレで焼かれた薄切りの肉だ。そしてその肉は何かに巻いてあるようで……もしかして、これってこの前話したやつ？

「焼きポーツの肉巻きですか？」

「そうなんだ。ちょっと食べてみて、衝撃的な美味しさだよ」

ポールさんは上機嫌で、フォークを焼きポーツの肉巻きに刺して渡してくれた。

私は勢いに押されてフォークを受け取り、口に運ぶと……その美味しさに心から驚く。

「これ、売れますよ。最高に美味しいです」

甘辛いタレに絡んだ肉は柔らかく味が良くて、その中にある少しもちっとした食感の焼きポーツに最高に合っていた。

「そんなに美味いのか？　ポール、俺にも１つくれ」

「もちろん。ぜひ食べてみてよ」

それからジャックさんが一口食べて、ポールさんもまた1つ口にして……私たち3人は焼きポーツの肉巻きをじっと見つめた。

「これは美味いな。中身の焼きポーツにもう少し味をつけて、タレの味を薄くした方がもっと美味くなる気がする」

ジャックさんのその提案に、ポールさんは即座にメモを取った。確かにその改良はありかもしれない。中身の焼きポーツに……チーズみたいなものを混ぜたら美味しい気がする。

「ジャックさん、この前飲んだミルクってあったけど、あれって飲むだけなの？　他に何か使い道があったりする？」

「他の使い道は……ああ、1つあるぞ。ミルクはミーコが膜の中に作り出して、膜を破らなければしばらくは保存できるって話しただろ？　あの膜を破らずに20日ぐらい放置すると、中身が固まるんだ。それを食べることもある」

「それ！　どういう味なの？」

もしかしたらチーズがあるのかもと思って前のめりで問いかけると、ジャックさんは困ったように首の後ろをかいた。

「うーん、説明が難しいなぁ。ポール、あれってどんな味だ？」

「そうだねぇ……甘くてつるっとした食感で、でもちょっと酸味もある感じ？」

……ん？　なんかチーズとは違うのかもしれない。まず甘いのならチーズじゃないよね。それにつるっとした食感っていうのもよく分からない。さらに酸味もあるって……。

　私が想像できずに首を傾《かし》げていると、ポールさんが味見としてもらえるかもと言って休憩室を出ていった。そして少し待っていると、戻ってきたポールさんの手には、小さなお皿に載った白くて小さい何かがあった。

「少しだけど、味見としてもらってきたよ。レーナちゃん、これがミルクが固まったやつなんだ。一口食べてみて。うちでも売ってるものだから」

「分かりました」

　近くで見てみると、見た目は豆腐みたいな感じだった。そっとフォークを刺すと凄く柔らかい質感だと分かる。それから匂いも嗅《か》いでゆっくりと口に入れると……食べても結局は首を傾げることになった。これは、日本にはなかったものだ。固形のヨーグルトというか、杏仁豆腐というか……その辺を足して二で割ったような何か。

「これはなんていう名前なんですか？」

「クルネだよ」

「俺はあんまり得意じゃねぇんだよな。美味いか？」

「うーん、美味しい、気がしなくもない」

「ははっ、正直だな」

私の感想に2人は苦笑いだ。これは好き嫌いが分かれるよね。大人の味ってやつなのかな。

「このまま食べる人もいるけど、基本的にはジャムをかけるんだ」

「ああ、確かに！　それは美味しくなりそうです」

これはジャムが合う味だ。このままだと日本で醤油《しょうゆ》をかけないで豆腐を食べている時のような、微妙な感じがあるんだと思う。何か物足りない感じっていうのかな。

「今度、ジャムをかけたクルネも食べてみよう。それで、なんでこの話になったんだっけ？」

「えっと……レーナが突然ミルクの使い道を聞いてきたんじゃなかったか？」

そういえばそうだった。なんにも考えずに聞いちゃったけど、焼きポーツの肉巻きの話をしてるところに突然すぎたね。

「あの、そう、この前ジャックさんと食堂で食べたご飯がミルクのソースだったでしょ？　だから焼きポーツの肉巻きにも合うんじゃないかなって、思って」

なんとか理由を捻《ひね》り出して、誤魔化《ごまか》せただろうかと緊張しつつ2人の顔を窺《うかが》うと、2人は感心したように頷いてくれていた。

「面白い発想だな」

「確かにありかもしれない。ラストートを少し増やしてミルクを入れて焼きポーツを作ったら、コクが出るかも」

……変に思われなくてよかった。

それにしてもミルクからチーズができないとなると、この世界にはチーズに似たものはないのかな。とろとろのチーズがかかったドリアとか好きだったんだけど。

「今度ミルク入りも作ってくるから、また味見をしてくれる？」

「もちろんです。楽しみにしてますね」

そうしてポールさんとジャックさんとの話を終えた私は、自分で持ってきたお母さん特製の焼きポーツもしっかりと食べて、お昼の休憩を終えた。

＊＊＊＊

レーナたち家族が所属している地域の1つ隣の調理場で、大勢の奥様方が集まり、夕食作りを始めながら噂話に興じていた。話題はもちろん……レーナについてだ。

レーナはあの歳で市場のお店に雇われたとあってかなり注目を浴びていたが、ここ最近はさらに街中へ毎日通って仕事をしているということで、スラム街に衝撃が走った。

「ちょっとサビーヌ、どういうことなのか説明しなさいよ」

「そうよそうよ。なんで10歳のスラムの子供が、市民権を得て街中で働けるのよ」

サビーヌは隣の地域の知り合いに強引に連れてこられたようで、困惑の表情で口を開いた。

「私もよく知らないのよ。確か計算の才能があったからって話だったけど」

「計算って……銅貨5枚と銅貨3枚のものを買ったら、合計は銅貨7枚になるとかっていう、お金を足すやつよね？」

「そうだけど違うわ。銅貨7枚じゃなくて8枚よ」

「あら、間違えたかしら」

計算が苦手な女性の言葉にサビーヌは「はぁ……」と深く息を吐き出し、レーナの母であるルビナから聞いた話を聞かせることにした。

「例えばだけど、銅貨5枚のものを1つに銅貨8枚のものを3つ、さらに小銅貨9枚のものを5つ。これを全て足したらいくらになるか、すぐに計算できる？」

「……そんなの無理に決まってるじゃない。この場にお金があればできるけど」

「普通はそうよね。でもレーナは頭の中で考えてすぐに答えが出せるんですって。もっと難しくても個数が多くても、地面にいくつか数字を書くだけですぐに答えを出せるのよ。その計算の才能が目に留まって雇われたらしいわ」

サビーヌのその言葉を聞いて、話に聞き耳を立てていた女性たち、さらには子供たちまでもがあり得ないと困惑の表情を浮かべた。

「レーナって10歳よね？　うちの娘は計算なんてできないわよ」

「なんでそんなことができるのかしら」

「あれじゃない、確かレーナって……」

1人の女性が意味深にそう告げると、何を言いたいのか理解した様子の他の女性たちが頷いて賛同を示した。

「もしかしたら、いい血筋なのかも」

「ちょっと、そのことは話しちゃダメって決まりじゃない！」

「でもここにレーナはいないし……」

「ダメよっ、子供たちがいるでしょ！」

サビーヌがたしなめると、やっと周囲の様子が目に入ったのか、女性は慌てて口をつぐんだ。

「ごめんなさい。話に夢中になっちゃって」

「気をつけてよね」

「分かったわ。……ねぇサビーヌ、レーナはたくさんお金をもらってるのかしら。街中で仕事をしてるんでしょ？」

「さあ。私は知らないけど……子供がそんなにもらえないんじゃないかしら。ルビナは今まで通り畑で野菜を作って、アクセルも毎日森に行ってるもの。食事も焼きポーツしか食べてないし、布団はボロボロのままだわ」

街中で雇われて裕福な生活ができている話を期待していた女性たちは、がっかりしたように身を乗り出していた体を引いた。

「なんだ、そうなの」

「レーナはまだ子供だもの。子供にそんなお金を払わないでしょ」

「確かにそうよね……なんだ、余裕があるならちょっと野菜を分けてもらおうと思ったのに」

「あんまり期待しない方がいいわよ」

サビーヌは嘘は言っていないが、大袈裟《おおげさ》に大したことがないと皆に伝えるように話をした。

サビーヌは友達思いのとてもいい女性なのだ。レーナのことも実の娘のように思っている。

「つまらないわねぇ〜」

「でもスラム街に生まれても、街中で雇ってもらえるのが分かっただけ嬉しいじゃない」

「それはそうだけど……才能があってこそでしょう？」

「それは仕方ないわよ。これから子供たちに、計算を重点的に教えたらいいんじゃない？」

「確かにそうね。うちの子はまだ小さいから、今からやったら街中で雇われるかしら」

「可能性はあるわよ」

女性たちが自らの子供の将来に夢を見ていると、その会話に割って入る声があった。

「お母さん、そろそろ夜ご飯になるよー？」

エミリーだ。サビーヌは自分を呼びにきたエミリーに視線を向けると、やっと帰れると頬を緩《ゆる》めて女性たちに挨拶をした。

「じゃあ、エミリーが呼んでるから帰るわね」

「分かったわ。今日はありがとね」

「いいのよ。また何かあったら呼んでちょうだい」

にこやかな笑みを浮かべて女性たちと別れてから、エミリーと共に自分たちの調理場に向かったサビーヌは、さっきの調理場から十分な距離をとったところで大きなため息をついた。

「大変だったわ……」

「レーナのことを聞かれたの？」

「ええ、レーナはこの辺《あた》りで凄く有名になったわね」

「だって街中で働いてるんだもんね。レーナは本当に凄いよね！」

エミリーが満面の笑みを浮かべて発した素直な称賛が眩《まぶ》しくて、サビーヌはエミリーの頭を優しく撫《な》でた。

「あなたはいい子に育ったわね。お友達は大事にしなさい」

「うん！　……あのさ、レーナはこれからも、スラムにいるのかな」

「どうでしょうね。ルビナと話してる感じだと、そのうち街中に行っちゃうかもしれないわ」

「……それは、寂しいな」

「そうねぇ〜。でもそれならそうレーナに言えばいいわ。レーナは街中に行ったからって、もうエミリーとは縁を切るって言うような薄情な子じゃないでしょ？」

サビーヌのその言葉を聞いて、エミリーの顔に光が戻った。

「うん！　レーナはすっごく優しいもん！」

「じゃあ、これからも会おうねって言えばいいのよ。もしかしたら、街中のレーナの家に招待してもらえるかもしれないわよ」

「え、私が街中に入れるってこと!?」

「分からないけど、可能性はあるわよ」

エミリーは街中に入れるかもしれない事実がよほど嬉しかったのか、さっきまでの暗い表情は完全に消え去って、満面の笑みを浮かべた。

「ふふっ、これからレーナがどうなるのか楽しみだね。レーナは私の自慢の友達だよ！」

そこまで話をしたところでサビーヌたちの家がある地域に到着し、2人は調理場に向かった。

そこにはレーナとルビナがすでにいて、4人は楽しく談笑しながら夕食の準備を進めた。

2章　初めての休日

９日間の連続勤務を終えた私は、昨日の帰りに初めての給料を手渡しでもらい、今日は初めての休日だ。しかし私はスラム街ではなく、今日も街中に来ている。

その理由は……ダスティンさんの工房に行くためだ。

街中に入ったらいつもと同じ大通りを歩き、途中で脇道に入ってお店とは別方向に向かう。

こうして地図なしで街中を歩いてると、ちょっとはここにも馴染《なじ》んだかなって気がするよね。

「ダスティンさん、レーナです」

「ちょっと待っていろ」

ドアをノックして声をかけると、今日はすぐ近くからダスティンさんの声が聞こえた。

まだリビングにいるのかな。もしかしたら早く来すぎたかも……休日に街中に行くことも、魔道具作りに参加させてもらえることも、どっちも楽しみすぎて早く来てしまったのだ。

「早いな……って、そういう格好をしてると、確かにスラムにいそうな子供だな」

ダスティンさんは私の服装に視線を向けると、珍しいものを見るような表情になった。

そういえば、いつもは制服で来てたからこの服で来たのは初めてだね。

「制服の方がいいでしょうか？」

「いや、別に構わん。魔道具作りは服が汚れたり破損したりするからな」

確かにね……この前の惨状を思い出すと、制服を着てこようとは思えない。

「ロペス商会で働いているなら、私服を買えるだろう？　制服ほどとは言わなくても、綺麗な服を買わないのか？」

「買いたいと思ってるんですが、それを着てスラムに戻ると危険なんです。それにスラムだとすぐに汚れますし」

街中の安い服だって、スラムでは羨《うらや》ましがられる対象なのだ。好奇の目で見られて、奪おうと狙われる未来しか見えない。それに綺麗な服を着てたら、汚れるのが気になって椅子にも座れないし、ベッドにも入れなくなる。スラムに戻ってからボロい服に着替えたとしても、綺麗な服を保管する場所がないし……。

うん、やっぱり街中に引っ越すまではこのボロいワンピースかな。一応スラムの中ではかなり上等な部類だから、街中でもかなり貧しい子なのね……ぐらいで済んでると信じたい。

「確かに場にそぐわない服装は避けるべきだな」

ダスティンさんは私の話を聞いて、同情するわけでも手を差し伸べるわけでもなく、なんてことはないようにそう言った。人によっては優しくないと感じるかもしれないその言葉が心地よくて、自然と頬《ほお》が緩んでしまう。

「そうなんです。なので休みの日はしばらくこの格好で来ますね。街中に引っ越したら、もう少し綺麗に変身します」

「分かった。まあ服装などなんでもいい」

そう言ったダスティンさんは朝食を食べたあとだったのか、食器などを手早く片付けて工房に続くドアを開けた。

「さっそくこっちに来てくれるか？　この前レーナが話したアイデアを元に、色々と試してみてるんだ」

「もちろんです！」

ついに魔道具作りだ！　とテンションが上がって、小走りで工房の方に向かい……その中の様子に絶句した。

「これ、どうしたん、ですか？」

工房の中は雑然としてるけど、荒れてはいなかった。ただペンキのバケツをそこかしこでぶちまけたかのような跡があって……目がチカチカするほどカラフルになっていたのだ。

「ああ、研究過程でちょっとな。あとで落とすから問題はない」

「落ちるんですか……？」

「特殊な液体を使えばな」

「はぁ」

私はかなり衝撃を受けたけど、ダスティンさんが全く気にしていないようなので、とりあえず突っ込むのはやめることにした。色を落とせるのならいいのだろう。

「そんなことよりも、これを見てくれ」

「この前のよりもコンパクトな箱ですね」

台の上に載っていたのは、私でもなんとか抱えられるかなぐらいの、縦長の箱だった。この前ボロボロになっていたやつよりも、一回り以上は小さく変化している。

「レーナに服の洗浄に特化した魔道具にすればいいと言われただろう？　そこでまずはサイズを小さくしてみた。服ならそこまでの大きさは必要ないからな。さらに以前のような汚れを吹き飛ばす機能ではなく、汚れを浮かせて水で流す方向を目指して魔法を組み込んである」

ダスティンさんは楽しそうな輝く瞳でそこまで説明すると、近くの机の上に置いてあった1枚の紙を手にして私に見せてくれた。

「ここに書いてあるんだが、まず使った魔石は全種類だ。魔道具は魔石の種類を増やすほどに失敗する確率が上がるので普通は多くて2種類だが、服を綺麗にするのは存外工程が多い。よって4種類を使わないと無理だと判断し、全種類を使った魔道具に挑戦することにした」

魔道具ってそんな制約があったんだ。ダスティンさんの楽しそうな、けれど挑戦的な瞳の煌《きら》めきを見る限り、全種類は相当に難易度が高そうな気がする。

「私はまず石鹸の原料となる植物を作り出す魔法を茶色の魔石に組み込み、さらにその植物は適度に熱されると効果を発するので、赤色の魔石に植物を熱する温暖魔法を組み込んだ。そして青色の魔石には服を水に浸すための水魔法を、さらには白色の魔石に水を排出後に服を乾かすための風魔法を組み込んだ」

おおっ、なんかよく分からないけど凄い、のかな？

たぶんダスティンさん、私が魔法具の作り方をほとんど知らないって事実を忘れてるよね。

「それで、成功したのでしょうか？」

今度は箱や中身の素材に関する話に移行しそうになったので、少し口を挟《はさ》んで結論を聞いてみた。こんな自信満々に話してるんだから成功してるよね。そう思って聞いたんだけど……ダスティンさんは首を横に振った。

「いや、その魔法を組み込んで完成したのがこれだ」

ダスティンさんはそう言って箱の中に1枚の白いTシャツを投げ込むと、箱の側面にあるボタンを押した。しばらく箱からジャブジャブガタガタと色んな音が聞こえてきて、その音が止まったところで、ダスティンさんがTシャツを取り出すと——

Tシャツは、カラフルな色に染まっていた。

「え、なんで？」

私は思わず素で突っ込んでしまう。いやいや、綺麗に洗浄する魔道具を開発してたのに、なんで染色の魔道具になってるの？

「洗浄の魔道具を作ろうとしたら、なぜか染色の魔道具になったんだ。ちなみに茶色の魔石に組み込む魔法を変更することで、染色の色が変更できる」

ダスティンさん、ちゃっかり色の変更まで研究してるよ。

それにしても魔道具開発って、こんなに突飛なことが起こって上手くいかないものなんだ。なんでこんなことが起こるんだろう。私はまず魔道具の基本を教えてもらおうと思い、魔道具から視線をダスティンさんに移して口を開いた。

「あの、ダスティンさん。私は魔道具についてほとんど知識がないんですけど、色々と教えていただけませんか？」

その言葉を聞いたダスティンさんは、面食らったような顔をしたあとに、瞳を瞬かせた。

「そういえば、レーナはスラムから街中に来たばかりだったな。この前アイデアをもらったからか、魔道具について詳しいつもりでいた。すまない、基本的なことを説明しよう」

それからダスティンさんが説明してくれたところによると、魔石は2つ以上を組み合わせると効果が作用し合って、思わぬ結果をもたらすのだそうだ。そういえば、ジャックさんが前にそんなこと言ってたよね……。

その影響で魔石の数が増えるほどに失敗の確率が上がり、さらにその魔石に魔法を組み込むともっと難しくなるらしい。ちなみに魔法を組み込むというのは、魔石に呪文を特殊なインクなどで書き入れるのだそうだ。

「魔石に魔法を書き込まないで作れる魔道具もあるんですか？」

「ああ、とても簡単なものならな。例えば給水器なんかは青色の魔石を使って、魔法は書き込まなくとも作ることができる。ただ少し用途が複雑になると魔法は書き込んだ方がいいんだ。だから基本的には書き込むな」

「そうなんですね。とりあえず、基本は理解できた気がします。つまりこの染色の魔道具は、洗浄の魔道具を作ろうとしていたダスティンさんからすると失敗作だけど、実は凄い研究成果だってことですよね」

その問いかけに、ダスティンさんは少し不本意な表情で頷いた。だから色の変更方法について研究してたり、工房がここまでカラフルになるほど失敗を積み重ねたんだね……。

「狙った効果ではないのが悔しいが、偶然の産物にしてもこの魔道具は貴重だろう。しかしレーナ、私は洗浄の魔道具の方も成功させたいと思っている。何かアイデアはないか？」

ダスティンさんにそう問いかけられ、私はしばらく考え込んだ。そしてダスティンさんには微妙な顔をされそうだなと思いつつ、1つの提案をする。

「――まず、魔石を4つ使うのは止めるべきだと思います。作られた石鹸を入れることにすれば、茶色の魔石と赤色の魔石を外せるはずです」

その提案を聞いたダスティンさんは、衝撃を受けたように固まった。

もしかして魔道具って、それ1つあれば完結するようなものが多いのかな。洗濯機のように洗剤を入れたりっていうのは、意外と思いつかないのかもしれない。

「確かに、魔道具だけで全てを完結させる必要はないのだな。盲点だった。ただそれだと……全種類の魔石を使った洗浄の魔道具への挑戦は、ここで終わりとなってしまうな」

「……そこはいったん諦《あきら》めるべきかと。一応偶然ですが、染色の魔道具という成功例はできたことですし」

そう伝えると、ダスティンさんはまだ未練がありそうな様子ながらも頷いた。

「そうだな……そうしよう。とりあえず青と白の魔石を使った洗浄の魔道具を研究し、成功したら改良として、全種類の魔石を使った魔道具を研究する」

自分の中でそう結論づけたダスティンさんは、染色の魔道具を端に寄せ、真ん中の作業机に2つの魔石を置いた。魔石の大きさは私の拳より少し小さいぐらいで、透明感がある。

「魔石って、このぐらいの大きさが普通ですか？」

「いや、これは小さい方だな。試作品は小さな魔石で作り、売るものは大きな魔石で作るんだ。基本的に大きな魔石の方が長持ちするからな」

「そうなんですね。魔石って定期的に交換が必要とか、そういうものですか？」

「いや、そんなことはないな。基本的に魔道具は魔石を通して空気中の魔力を使うから、半永久的に使用可能だ。ただそうは言っても劣化すれば壊れるし、その時は替える必要がある」

じゃあ電池っていうよりも、イメージは空気中から電気を取り込めるコンセントプラグ的な感じかな。

「魔道具って凄いですね。魔力の消費効率はいいのでしょうか？」

「ああ、その部分は精霊魔法とは比べものにならない。圧倒的に少ない魔力で現象を起こせるのが魔道具だ」

「それは欲しいですね……」

魔道具って凄いと感動して思わず本音を呟くと、ダスティンさんは難しい表情を浮かべた。

「私も魔道具は、もっと普及させるべきだと思っているんだ。ただやはり原材料が限られているので難しい。レーナはゲートについて知っているか？」

「少しだけなら知ってます。魔界と繋《つな》がる門などと言われてて、突然草原や森に出現して魔物を吐き出すんですよね？」

「そうだ。そのゲートはそこまで頻繁《ひんぱん》に発生するものではなく、この国の中だとひと月に1度程度なんだ。多くても2度か3度だな。だから魔道具の素材となる魔物素材を手に入れられる機会は少ない」

ゲートってそんなに頻度が少なかったんだ。魔物が排出されるんだから少ない方がいいのかもしれないけど、素材のことを考えたらもっと頻繁に現れて欲しいいし、難しいところだね。

「それだと魔道具はどうしても高くなりますね」

「そうなんだ。だから私はできる限り魔物素材を使わずに魔道具を作る研究もしている」

「おおっ、それ楽しそうです」

薄々感じてたけど、ダスティンさんって意外と凄い人なのかな。私が知らないだけで魔道具界隈《かいわい》では有名とか。

「今度そっちの研究成果も見てみてくれ。レーナなら何かいいアイデアが思い浮かぶかもしれない。ただ今は洗浄の魔道具だ。まずは2つの魔石に刻む呪文だが……」

ダスティンさんはそう呟くと、まっさらな紙にペンで何かを書き込み始めた。覗き込んでみると長い呪文のようで、私には何が書いてあるのかほとんど分からない。

「精霊魔法の呪文って、奥が深いですよね。この辺とかは何が書かれているんですか？」

「固有名詞だな。とは言っても人間が決めたものではなく、精霊たちにも通じる固有名詞だと古来から言い伝えられているものだ」

「そんなものがあるんですね……」

ということは、それを学ばないと精霊魔法の上達は難しいのか。やっぱりちゃんと身につけたいなら、前にジャックさんが言ってたリクタール魔法研究院？　に行くしかないのかな。

「レーナ、水はどのように動けば一番汚れを落とすのか、アイデアはあるか？　私としては渦のように回るのがいいかと思っているんだが」

「そうですね。私もそれがいいと思います。ただあまり水流が強いと服の傷みが早くなりますし、適度で抑えるべきかと」

ダスティンさんは、あの金属の箱を壊すような魔法を組み込む人だからね。工房内がぐちゃぐちゃになっていた時のことを思い出し、威力を抑えるように念を押した。

「では少し変更して……これでいいだろう。次は風魔法だ」

それからはダスティンさんが精霊魔法の呪文を構築していき、私は邪魔にならない程度に質問しながら、ちょっとしたアドバイスをして時間が過ぎていった。

そして数十分で呪文は完成し、ダスティンさんはやっと紙から顔を上げた。

「これでまた試作をしてみよう。レーナ、助かった」

「いえ、私は特になんの役にも立っていないので……」

逆に分からないことが多くて質問ばかりしていて、邪魔じゃなかったかと心配なぐらいだ。

「そんなことはない。レーナの何気ない一言がとても役に立った。やはりお前は独特の感性があるな。それは稀有《けう》な才能だと思う」

「……ありがとう、ございます」

邪魔だった気がすると落ち込んでいたところを急に褒《ほ》められて、思わず照れて顔が赤くなってしまった。私はそれを誤魔化すように両手で頬を隠し、時計を見上げる。

「そ、そろそろお昼時ですが、いつも昼食は何を食べてるんですか？」

「本当だな、もうそんな時間か。いつもは私が作ることもあれば、食べに行くこともある」

「え、料理できるんですか!?」

私の中で構築されたダスティンさんのイメージと違って、思わず声をあげてしまった。でもよく考えたら、配達で肉とか野菜とか頼んでるもんね……。

「簡単なものならな。ただ今日はあまり食材が残っていないし、近くのカフェにでも行くか。レーナも行くだろう？」

「ぜひ！」

カフェという魅力的な言葉に、つい前のめりに反応してしまった。今日はお給料を少し持ってきてるし、お昼ご飯を奮発してもいいよね。

自分の中でそう決めたら楽しくなって、軽い足取りで工房の出口に向かう。

「早く行きましょう！」

「ああ、戸締まりをして行くから、先に外に出ていろ」

「分かりました！」

外に出て待つこと数分、ダスティンさんが服を着替えて玄関から出てきた。工房の中で着ている汚れることを前提とした簡素な服ではなくて、パリッとしたパンツにシャツだ。

「……私も着替えた方がいいでしょうか？」

ダスティンさんの服装とのあまりの差に思わずそう呟くと、ダスティンさんも私のワンピースを改めて見てから頷いた。

「そうだな。1つ服を買って工房に置いておくか？　その服だと店によっては入店を断られる」

やっぱりそうなんだ。でもどうしよう……新しくて綺麗な服を着たいけど、街中で買う服なんて高いよね。私の全財産で買えるかどうか。

「安い服を売っているお店を、紹介していただけますか？」

安い服でも街中のものならいいよねと思ってそう聞くと、ダスティンさんは首を横に振った。

「いや、服なら私が買おう。アイデア料の一部をその代金とすればいい」

そう告げると、大通りに向けてスタスタと歩いていってしまう。いや、ちょっと待ってください！　アイデア料って服を買えるほどもらえるの⁉

「ダ、ダスティンさん、服って高いんじゃ……」

「いや、貴族や富裕層が着るような服は高いが、この辺で売っている小綺麗な服はそこまで高くない。私のこの服も上下で銀貨2枚ほどだ」

銀貨2枚って……。

「十分高いです！」

「そうか？」

ダスティンさん、絶対にお金持ちだ。そもそも1人であんなに立派な工房を、大通りのすぐ近くに構えられることからしてお金あるよね。

「私にとっては高くないので問題はない。それにレーナに渡すアイデア料は、金貨1枚を予定している。さらに洗浄の魔道具が売れるようになれば、それによって入ってくる利益も一部を渡そうと思っている。だからレーナにとっても、銀貨2枚は高い金額ではなくなるはずだ」

え、ちょっと待って！　あんな思いつきを話しただけで、金貨1枚ももらえるの⁉

「……魔道具師って、そんなに儲《もう》かるのですか？」

思わずそんなことを聞いてしまった。だって気軽に金貨1枚なんて言えちゃうってことは、その何十倍も、もしかしたら何百倍も稼いでる可能性は大いにある。

「そうだな、腕が良ければ稼げる職業だ。さらに学ばなければ就《つ》けない職業のため、収入は高くなるだろう」

そうなんだ……魔道具、色んな意味で夢があるね。

「ダスティンさんは、どうして魔道具師になったのですか？　学ぶ機会があったんですよね」

「ああ、学びの機会には幸運にも恵まれた。その上でなぜ魔道具師を選んだかは……やはり魔道具が好きだからなのだろう」

そう言ったダスティンさんは、優しい笑みを浮かべていた。かなりレアなダスティンさんの微笑みだ。

「ダスティンさんが魔道具を好きなのは、十分に実感してます」

「……そんなに態度に出していたか？」

「はい。凄く分かりやすいです」

普段があんまり笑わないからこそ、魔道具に瞳を煌めかせてる時が印象に残るんだよね。

眉間《みけん》に皺《しわ》を寄せたダスティンさんを何気なく見上げ、そういえばと疑問に思っていたことを思い出した。

「あの、一つ聞きたいことがあって……ダスティンさんって、おいくつですか？」

「私か？　私は20歳だ」

おおっ、やっぱり結構若いんだ。最初に20代後半って思ったのは、内緒にしておこう。

「年齢がどうかしたのか？」

「いえ、少し気になって。ダスティンさんって表情によって受ける印象が変わるので」

「そうか……？」

自分の頬に軽く触れてから軽く首を傾げたダスティンさんは、分かりやすく表情が変わっているのが嫌なのか、また眉間に皺を寄せた。そんなダスティンさんの表情をやっぱり分かりやすいと思いながら見ていると、1つのお店の前で立ち止まる。

「ここがおすすめの服屋だが、どうする？　アイデア料から私が購入するのでいいか？」

「……ダスティンさんがいいのでしたら、お願いしたいです」

「分かった。では入ろう」

ダスティンさんは満足そうに少しだけ口角を上げて頷くと、お店のドアに手をかけた。ドアを開けるとカランッと心地いい鐘の音が響き、優しげな雰囲気の女性が出迎えてくれる。

「いらっしゃいませ。ダスティン様、いつもご贔屓《ひいき》にしてくださってありがとうございます」

「ここの服は質がいいからな。今日はこの子の服を買いに来たのだが」

ダスティンさんは、店員の女性に顔を覚えてもらっているらしい。外門近くとはいえ、大通り沿いの高級店で顔を覚えてもらってるなんて、やっぱりお金持ちだね。

「かしこまりました。ではこちらへお越しください」

店員の女性に案内されたのは、奥の子供服売り場だった。女性は「失礼します」と軽く私の採寸をすると、サイズが合う服をいくつか見繕《みつくろ》ってくれる。

「こちらがおすすめでございます」

そう言ってハンガー掛けに並べられたのは、10種類以上のおしゃれで可愛い服だった。見てるだけでテンション上がる……！

ダスティンさんは服を一通り眺めると、顎に手を当てて私に視線を向けた。

「ふむ、意外と数があるな。レーナ、好きなものを選ぶといい」

「私が選んでいいのですか？」

「着る本人が選ぶのは当たり前だろう？」

「……確かにそうですね。ありがとうございます」

可愛い洋服を選ぶという、レーナになってからは一度も経験していない事態に心が浮き立つ。自然と顔は笑顔になり、足取りは軽くなった。

ワンピースもいいけど、やっぱり組み合わせの幅広さを考えたら分かれてる方がいいかな。このブラウスなんてすっごく可愛いし、このスカートもレースが使われていて素敵だ。瀬名風花だったら似合わなかっただろうけど、レーナになら問題なく似合うと思う。

気に入ったブラウスとスカートを合わせてみると……まるで一緒に着るために誂《あつら》えられたのかと思うほど、ピッタリと合っていた。

「いいんじゃないか？」

「ですよね！　この2つにします」

前のめりでそう告げると、ダスティンさんはこれの試着をと店員さんに伝えてくれた。さらに下着類も買ってくれるようで、店員さんに肌着や靴下などを見繕って欲しいと頼んでいる。

ダスティンさん……本当にいい人だ。ありがとうございます。

それから試着室で選んだ服に着替えると、私は完全に別人になった。やっぱりこういう可愛くて綺麗な格好をすると、レーナの容姿が何倍も際立《きわだ》つ。

姿見《すがたみ》を持ってきてくれた店員さんも、驚きを隠せなかったようで瞳を見開いていた。

「とても、とてもお似合いです」

「ありがとうございます」

「最後にこちらの靴をお履《は》きください」

可愛い革靴を履いたら完璧だ。もうそこにいるのは、非の打ち所がない美少女だった。試着室から店内に戻ると、私の姿を見たダスティンさんは少しだけ眉を上げる。

「……似合っているな」

「ふふふっ、似合ってますよね！　ありがとうございます！」

綺麗な服にテンションが上がっていたところにダスティンさんに褒められ、嬉しくて満面の笑みになってしまった。やっぱり着てる服で気分まで変わるね。

「今着ているものは全て買おう。それからそうだな……これから寒くなった時のために、そこのカーディガンも購入する。それで会計を」

「かしこまりました」

そうして服屋で買い物を終えた私たちは、私が元々着ていた衣服一式を袋に入れてもらって受け取り、店員の女性に優しい笑みで見送られながらお店をあとにした。

「ダスティンさん、本当にありがとうございました。とても嬉しいです」

「別に構わない。そもそも私が金を出しているのではなく、レーナが受け取るはずの金から支払っているのだからな」

「それでもありがたいです」

そもそもあんなにアイデア料をもらえることが、本当にありがたいことなのだ。私がアドバイスできたのなんて少しだけなのに。

「さて、次はカフェに向かうのでいいか？　そのために服を買ったのだからな」

「もちろんです。お腹空いちゃいました」

「ではこっちだ。行くぞ」

ダスティンさんに連れられて次に向かったのは、ロペス商会よりも平民街の第一区に近い場所にあるカフェだった。ふわふわとした可愛い感じの女性店員さんに席へと案内され、すぐにメニューが渡される。

「決まったらお呼びください」

「分かった。レーナ、好きなものを選んでいいぞ。ここは私が奢《おご》ろう」

「……私もお金を持ってきてますよ？」

「いや、子供に金を出させる趣味はない」

私はその言葉に少しムッとしたけど、確かに私は10歳で、瀬名風花の時に10歳の子供と食事をしたら絶対に奢るだろうと思ったので、文句は言わなかった。

「ありがとうございます」

「……なんだ、嬉しそうじゃないな？」

「いや、ありがたいんですけど、私も大人なのに！　って思っちゃうんです」

「……お前は子供だろう？」

「そうなんですけどね。でも働いてますし、大人って感じしませんか？」

そう問いかけると、ダスティンさんはふっと楽しそうな笑みを浮かべた。魔道具に向き合ってない時の笑顔、初めて見たかも。

「お前ぐらいの歳で働いてる子供は、皆がそう言うんだ。素直に奢られておけばいい」

「はーい」

私はそれ以上反論する理由もなかったので、ありがたく奢られることにした。でも今度、何か手土産《てみやげ》とかを持っていこうと決意する。私だって前世では大人だったのだ。

「それで、何を頼む？」

「それが……まだこういうメニューは読めなくて。ダスティンさんのおすすめでお願いします」

「そうなのか？　分かった。ではこのカッチェとラスタにしよう。それから……甘いものも頼むか。甘いものは食べたことがあるか？」

「ラスートのクッキーならあります」

「ではそれ以外にしよう。……ミルカのメーリクだな」

ダスティンさんは私にとって呪文のような料理名を次々と口にして、注文をしてくれた。どんなものか聞くのもいいけど、運ばれてくる時の楽しみにしようと思って、内容は聞かずに期待して待つ。

それから頼んだもの以外のメニューについて話をしながら待っていると、店員の女性がとても美味しそうな香りを放つ料理を運んできてくれた。

「うわぁ、美味しそうです！」

運ばれてきた料理は、私の記憶にあるものに置き換えるとトマト煮込みと白米だった。まだ熱々なのだろう、湯気が立っている様子も空腹を刺激する。

「ナルはお掛けしますか？」

そう言って店員さんが私たちに見せてくれたのは、白くて細長い……茎《くき》？　みたいなやつだった。それを細かく削って掛けてくれるのだそうだ。

「私はたっぷりと。レーナは……掛けてみるか？　少し癖のある味だが、とてもカッチェと合う。私は掛けた方が美味しいと思っている」

「では、半分だけ掛けてもらえますか？」

「かしこまりました。それでは失礼いたします」

そう言った店員さんは、カッチェの上でザッザッとナルと呼ばれた何かを削っていく。そしてカッチェの見た目がかなり白くなったところで手を止めた。

「ごゆっくりとお召し上がりください」

店員さんが下がっていったので、これで完成らしい。私は目の前にある美味しそうなカッチェに頬を緩め、カトラリーを手に取った。

「このお肉ってなんでしょうか？」

「ハルーツの胸肉だな。ミリテを元にして作ったソースでハルーツの胸肉を煮込み、最後に削ったナルを好みでかけて食べるのがカッチェという料理だ」

ダスティンさんのその説明を聞いたところでちょうどお肉が綺麗に切れたので、一口分をフォークで刺して、ソースが垂れないよう口に運ぶ。

ゆっくりと味わうと……お肉の柔らかさと、何よりもソースの濃厚さに驚いた。

「これ、凄く美味しいです！」

「そうだろう？　私もカッチェは好物だ」

ハルーツの胸肉は鶏肉みたいな味と食感なんだけど、そんなお肉にミリテの旨みが染み込んでいて、噛めば噛むほどに旨《うま》みが溢《あふ》れ出てくる。ソースはミリテを元に作ってるだけあって、トマトソースに似ている。でもそれよりも、もっと濃厚で水分が少ないソースだ。

そして最後にかけてもらったナル。これ、パルメザンチーズに似てる！

「ナルも気に入りました」

「ほう、その歳でこれが好きだとは見込みがある」

ダスティンさんは私の言葉を聞いて、楽しそうにそう言った。子供はあんまり好まない味なのかな……確かに日本にあった子供も好きな粉チーズと比べると、ちょっと癖が強いもんね。

「ラスタと一緒に食べても美味いぞ」

「やってみます」

小さめにお肉を切ってラスタに載せ、一緒に口に運ぶと……うん、最高に合う。やっぱりラスタって、こうして炊《た》かれてるとお米に似てるね。この国にラスタがあって本当によかった。

「最高に美味しいです。素敵なカフェを紹介してくれて、ありがとうございます」

「別に構わない。……美味いものは共有した方がいいからな」

いつも通りの声音でそう言って、ナイフとフォークを変わらず優雅に動かしているダスティンさんだけど……耳が僅かに赤くなっている気がして、私は思わず凝視してしまった。

もしかして、照れてる？

「ダスティンさんって、意外と分かりやすいですよね。最初は取っ付きにくい人かと」

素直な感想がポロッと溢れると、ダスティンさんは僅かに困惑した様子で私に視線を向け、また料理に視線を落とした。

「……私のことをそんなふうに言う人は少ない。レーナが特殊なんじゃないか？」

「そうじゃないと思いますけど……」

でも確かに最初に仲良くなるハードルを越えないと、神経質そうで近寄りがたいなで終わっちゃうのかもしれない。私はその最初の壁は、時計を見てやらかしたことで半強制的に乗り越えたから。

それからカッチェを食べ切って一息ついていると、店員さんによってお皿が下げられ、食後のデザートと飲み物が運ばれてきた。飲み物はお馴染みのハク茶のようで、それと一緒に運ばれてきたのが……私が聞いたことのなかった名前の、甘いものみたいだ。

「こちらはミルカのメーリクでございます」

そうそう、そんな名前だった。見た目は薄いピンク色のスポンジケーキ？　みたいなやつにオレンジ色のクリームが載っている。

「ダスティンさん、これってどういうものですか？」

「これはメーリクという花の花びらだ」

「え、花びらなんですか⁉」

予想外の答えに思わず叫んでしまい、慌てて口を手で押さえた。

「すみません……びっくりして」

「気にするな。確かにスラムでは手に入らないだろうからな」

「はい。森にもないと思うのですが」

「これは、王都よりもう少し暖かい地域でないと育たないのだ。それに品種改良した結果できたものだから、人の手がなければ絶えてしまう」

「ひんしゅかいりょう、とはなんですか？」

「……植物の成り立ちを弄《いじ》るというか、人の手によって人工的に植物を掛け合わせたり、そういう行いを品種改良と言う」

ああ、品種改良ね！　この国でも行われてるんだ。

確かに植物魔法とかあるし、日本より活発に行われていてもおかしくはない。

「王都周辺の森にはないということが分かりました」

「ああ、少なくともそこにはないな。ちなみにオレンジ色のクリームは、ミルカという果物で味付けがされている。クリームとはミルクを泡立てたものだな。まあとりあえず、食べてみるといい。美味いぞ」

私はその言葉に頷いて、深く考えず食べてみることにした。

オレンジ色の綺麗なクリームと薄ピンク色のメーリクという花びら。そこにフォークを差し込むと、メーリクはスポンジケーキとほぼ同じ感触だった。まずは香りをと思って手で仰いでみると、蜂蜜《はちみつ》みたいな甘い香りと、さっぱりとした柑橘《かんきつ》系の香りが鼻腔《びくう》をくすぐる。

期待と緊張が入り混じった状態で口に運ぶと……まずは滑らかなクリームと、爽やかな柑橘系の美味しさを感じ取ることができた。そしてすぐにメーリクから濃厚な甘味が溢れ出し、しっとりとした食感のスポンジケーキに濃い甘みを感じる。

爽やかな甘みからの濃厚なまったりとした甘み、そのバランスが絶妙だ。メーリクは日本にあったものに例えると蜂蜜のケーキ、ミルカのクリームは蜜柑のクリームって感じかな。

「凄く美味しいです。美味しすぎます」

「そうだろう？　メーリクはミルカのクリームとよく合うんだ」

「ダスティンさんは甘いものもお好きなんですね」

「……まあ、嫌いではない」

一瞬だけ逡巡してから何気ないように頷いたダスティンさんに、私は口角を上げてしまう。これは相当好きだよね。ダスティンさんに手土産を持っていく時には、甘いものにしよう。

それからメーリクを堪能してハク茶で口の中をさっぱりとさせて、幸せな気分でカフェをあとにした。

「ダスティンさん、とても美味しかったです。奢ってくださってありがとうございました」

「気にするな。じゃあ工房に戻るぞ」

「はい！」

工房に戻った私はダスティンさんに部屋を借りて、新しい服を汚さないようにとすぐスラムのワンピースに着替えた。この工房の酷《ひど》い惨状を何度も見てる私としては、あの服を着てここにいるのは集中できないのだ。

「レーナはまだここにいるか？」

「そうですね……もう少しだけいてもいいですか？　あと1刻ぐらいで帰ります」

「分かった。ではそれまでの間に、染色の魔道具について意見を聞かせて欲しい。洗浄の方は私が試作をしてみなければ、改良はできないからな」

「分かりました。もちろんです」

染色の魔道具はとりあえず成功してるし、改良するのも上手くいく可能性が高いのかな。染色からデザインって連想していくと、色々とアイデアが浮かんでくる。

例えば可愛い絵柄を服にプリントできるようなものを作れたら、凄く楽しそうだよね。布を売ってるお店や服を仕立てる人たちに売れそうだ。

そういえば……この国って印刷技術はどうなってるんだろう。ロペス商会には書類の他にも本が置かれてたけど。

「あの、本ってありますよね？　あれって全部手書きなんでしょうか？」

「……突然だな。本は手書きのものもあるが、今は印刷されたものが多いはずだ。それがどうかしたか？」

「その印刷ってやつは、同じものをいくつも……作れる？　技術ですか？」

「まあ、そういう技術だな。正確には決められた文言を印字し、全く同じ文言が書かれた紙を量産できるものだ」

もんごん？　いんじ？　と分からない単語ばかりで、どこから聞けばいいのかと混乱していたら、ダスティンさんが紙にイラストを描いて詳しく説明してくれた。

ダスティンさん……本当にいい人すぎる。今の私にとって面倒くさがらず詳しく説明してくれる人は、本当にありがたい存在だ。

「ありがとうございます。印刷をするには魔道具を使いますか？　それ以外のものですか？」

「もちろん魔道具だ。比較的最近に開発されたものだな」

やっぱり魔道具なんだ。魔道具って凄いね……開発は大変だろうけど、一度良いものが作れたら一気に生活が豊かになる。この国は私が思ってる以上に、魔道具で発展してるよね。

「ではその印刷の技術を、染色の魔道具に応用できないでしょうか？　例えば綺麗なお花のイラストを布に印字するとか」

「――ほう。確かに一考の余地はあるな。さすがレーナだ」

ダスティンさんは私の意見を聞いて楽しそうに瞳の奥を光らせると、真っ白な紙にペンを持って向き直った。思いついた事柄をメモしておくらしい。

「印刷機のように決められた模様に染める魔道具か……問題は模様に染めるとなれば、様々な色が必要になることだな。印刷機は色を極力減らすことで実現可能になっている。だからといって単色に染めるだけでは、そこまでの利便性はない。染色工房もあるからな……」

真剣な表情で紙にメモしながら呟いている内容を聞いていると、とても勉強になる。この国の印刷の魔道具は単色はできるけど、カラフルにはできないみたいだ。

一色に染めるのだと、魔道具じゃなくて人の手で染めた方がいいってなるよね……魔道具は高いものだから、簡単に人の手で代替えできるようなものはあまり売れないだろう。

――ん？　なんか今、いいことを思いついた気がする。

私の腕にある市民権って、魔道具だって話だったよね。しかも半年で自然と消えるのだ。

この魔道具の技術を応用すれば、1日だけ色が染められる魔道具とか作れないのかな。それが作れたら貴族にかなり売れる気がする。

その日の気分によって服の色を変えられたら、考えるだけで心が浮き立つよね！

「ダスティンさん！　いいことを思いつきました！」

早くこの考えを話したいと思って前のめりで宣言すると、ダスティンさんはペンを動かす手を止めて、こちらに視線を向けてくれた。

私はそんなダスティンさんの目の前に、ワンピースの袖を捲って腕をずいっと突き出す。

「これ！　この市民権を印字する技術って応用できませんか？　これで1日だけ服の色が変えられるような魔道具を作るんです。それなら単色でも十分だと思います！」

一息にそう告げると、ダスティンさんは私の言葉を聞いて何度か瞳を瞬かせ、それからニヤッと笑みを浮かべた。

「レーナ、それは素晴らしい考えだ。それなら貴族は確実に食いつく。さすがだな」

ダスティンさんは珍しく満面の笑みを浮かべて、私の頭をぐしゃぐしゃっと撫でてくれた。

「ちょっ、ちょっと、髪型が崩れます！」

「レーナ、どういう魔法と魔石を使えば実現できるのか考えるぞ」

ダスティンさんに私の文句は届いていないようで、さっそく瞳を子供のように輝かせ、魔石を棚から引っ張り出す。

「分かりました。ただ私に技術的なアドバイスはできないですからね」

「それで構わん。それを差し引いても、レーナのアイデアは素晴らしいからな」

それから私は暗くなり始める頃まで、ダスティンさんの魔道具開発を横で見ていた。かなり難しかったけど、凄く楽しい時間だった。

「ダスティンさん、そろそろ帰ります」

楽しくてもう少しここにいたいと思いつつ、さすがに帰らないとお父さんを待たせてしまうと、ダスティンさんに声をかけた。お父さんとは暗くなる前には街を出るって約束したのだ。

「もうそんな時間か。……それならちょっとそこで待っていろ」

ダスティンさんは時計を見ると席を立ち、工房の端にある鍵付きの戸棚に向かった。

そしてその中から……お金を取り出したみたいだ。

「アイデア料だ。とりあえずはこれだけでいいか？　魔道具が売れたらまた還元する」

「え、こ、こんなにもらえません！」

私の手に載せられたのは、金貨が3枚だ。

「さっきは金貨1枚って話をしたのでは……。それにお洋服を買ってもらったので、それも差し引くはずです」

「いや、確かに昼の時点ではそうだった。だが先ほどのアイデアはより有用なものだ。これでも安すぎるぐらいだと思うぞ」

これでも安すぎるなんて、私と金銭感覚が違いすぎる。有用なアイデアってこんなにお金がもらえるの？　普通が分からないから、素直に受け取ってもいいのか判断できない。

でもダスティンさんは、何か悪いことを考えたりしないだろうし……というか、子供がぽろっとこぼしたアイデアにお金を払ってくれるんだから、悪い人どころか人が良すぎるよね。

「……本当にこんなに、いいのですか？」

「もちろんだ」

私はダスティンさんがすぐに頷いてくれたのを確認して、恐る恐る金貨3枚を握りしめた。

「ありがとうございます。本当に、本当に助かります」

これで家族皆で街中に引っ越す未来が、かなり近づいた。皆は喜んでくれるかな。でも勉強を急ピッチで進めないといけなくなったね。

「なくさないように気をつけろよ」

「はい、絶対になくしません。ロペス商会に寄って、ロッカーにお金を入れてから帰ります」

「それがいいな。じゃああとは、これも持っていくといい。これぐらいならスラムに持ち帰っても問題ないだろう？」

そう言って渡してくれたのは、1粒が大きくて立派なカミュだった。これ、ロペス商会で扱ってる美味しそうなやつだ！

「もらっていいのですか!?」

「……こっちは食いつきがいいな。もちろん構わない。家族で楽しむといい」

「ありがとうございます」

夜に勉強会をする時のお供にしよう。私は家族皆が喜んでくれる様子を思い浮かべ、自然と笑顔になった。

「じゃあまた、休みの日にでも自由に来てくれ。洗浄と染色の魔道具の試作をしておこう」

「分かりました。よろしくお願いします。他に予定がなければ、次の休みの日に来ますね」

ダスティンさんに挨拶をしてから右のポッケに金貨3枚を入れ、左のポッケにはカミュを何粒も詰め込んで、充実した気分で工房をあとにした。

ロペス商会に寄ってお金をロッカーにしっかりと仕舞い、完全に暗くなる前にと大通りを全力で駆け抜ける。その頑張りのおかげで、まだ明るさが残っている時間に外門を通り、外に出ることができた。

しかしそこで待ってくれていたお父さんは、腕を組んで厳しい表情だ。怒られそうだなと思いつつそっと近づいていくと、私に気づいたお父さんは、ぐわっと瞳を見開いて口を開いた。

「レーナ！　遅いじゃないか！」

「ご、ごめんなさい……」

やっぱり遅かったよね……次からは暗くなり始める前に、時計を見て工房を出ないと。

心配をかけたことが申し訳なくて俯《うつむ》いてしまうと、お父さんは私の前にしゃがみ込んだ。

「別に怒ってるわけじゃないが、心配だからもう少し早く帰ってきてくれ。もうすぐ完全に暗くなるぞ？」

「……うん、ごめんなさい。次からはもう少し早く帰ってくるね」

自分にも言い聞かせるようにそう答えると、お父さんはニッと安心する笑みを浮かべてくれた。私はその顔を見てホッと体の力を抜いて、お父さんの手を握る。

「早く帰ろ？」

「そうだな。ルビナとラルスも心配してるぞ」

それからお父さんと一緒に家に帰った私は、もうほとんど作り終えていた夕食作りを最後だけ手伝って、皆でいつもの焼きポーツを食べた。

そして全員で家の中に入ると、家の端に大切に置いておいたカミュを2粒ずつ配る。カミュを受け取った皆は、驚きの表情だ。

「これ、今日私が行った魔道具工房のダスティンさんが、家族にってくれたんだ」

皆には、ダスティンさんのことは話してある。

「凄くいい人なのね。これって、カミュよね？　森で採れるものとは大きさが全然違うけど」

「こんなに大きくて、美味いのか？」

皆はあまりにもいつも食べているカミュと違いすぎて、食べるのを躊躇《ちゅうちょ》しているらしい。

「それは私が勤めてる商会でも扱ってるようなカミュだから、心配いらないよ。凄く美味しいと思う。でも私もまだ食べたことはないから、一緒に食べてみよう？」

そう伝えると、最初にお父さんが頷いてくれた。

「そうだな。じゃあ食べるぞ？」

お父さんのその言葉に従って、全員でカミュを口にすると……そのあまりの美味しさに、感動で涙が浮かんできそうになった。

森のカミュは渋みが強いのに、これは渋みなんて全くなくて、瑞々《みずみず》しい甘さだけが口の中に広がる。こんなに美味しいものを、このスラムのボロ小屋で食べられてるのが奇跡だ。

「な、なんだこれ。美味すぎるぞ！　レーナ、街中のものはこんなに美味いのか⁉」

お兄ちゃんがこれでもかと瞳を見開き、驚きを露《あら》わにした。

「美味しいものはたくさん溢れてるよ。私もまだ一部しか食べたことないけど、どれもこのカミュと同じかそれ以上に美味しかったかな」

私のその言葉を聞いたお兄ちゃんは、一気に瞳を輝かせた。お兄ちゃんは成長期でいくらでも食べられるって感じだし、やっぱり食べ物には惹《ひ》かれるよね。

「街中は凄いのねぇ」

「早く引っ越したいな。父さんは凄く楽しみだ」

「そうだ。引っ越しのことで皆に話があるんだけど……」

ダスティンさんがくれた金貨３枚のことを思い出してそう話を切り出すと、皆はごくりと唾《つば》を飲み込んで顔を強張らせた。もしかして、悪い話だと思ってる？　そう気づいた私が早く説明しようと口を開きかけたその時、先にお兄ちゃんが肩を落としながら呟いた。

「もしかして……やっぱり、引っ越せないのか？」

その落ち込み方がこの世の終わりみたいにズーンと重くて、私はすぐに否定する。

「いやいや、全然違うよ。その逆。もうすぐにでも引っ越せるんだけど、どうするか皆に相談しようと思って」

「……どういうことなの？　まだお金が足りないでしょう？」

「それがね、ダスティンさんが私に金貨３枚をくれたの」

金貨３枚という言葉がかなり衝撃だったのか、皆は私の言葉が上手く飲み込めないようで言葉を発さない。沈黙がしばらく場を支配して……最初に口を開いたのはお父さんだ。

「な、なんで、そんな大金を……？」

「ダスティンさんは、魔道具工房を開いてる魔道具師だって話はしたよね？」

「ええ、聞いたわ。魔道具は確か、魔法で起こせる現象を再現できるものなのよね？」

「そう！　お母さん凄いね。ダスティンさんはその魔道具の研究もしててね。私がちょっとしたアイデアを話したら、それが研究に役立ったんだって。それでアイデア料だってことでお金をくれて、これからもその魔道具が売れたらお金をくれるって」

この話は少し難しかったみたいで、皆は不思議そうに首を傾げている。アイデアにお金が支払われるなんて、馴染みがないもんね……。

「とにかく、私が役に立ってダスティンさんから報酬がもらえたってことだよ。だから予定よりも早くお金が貯まるんだけど、引っ越しの日ってどうする？」

市民権は金貨1枚で買えるから、もう3人の市民権は購入できるのだ。あと必要なのは、部屋を借りるお金と当分の生活費。それも給料を何回かもらえば十分に貯まるだろうから……あと数週で引っ越しの準備が整えられる。

「それはもちろん、早く引っ越ししようぜ！」

「お兄ちゃん、嬉しそうだね」

「だって楽しみが早く来るんだぞ？　それは嬉しいだろ」

「そうね。引っ越せるなら遅くする理由もないし、早めましょうか」

「そうするか。レーナ、ありがとな！」

お父さんはニカッと満面の笑みを浮かべて、私の頭をガシガシと撫でた。そして私の顔を真剣な表情で覗き込む。

「引っ越したら父さんは頑張って働いて稼いで、レーナに恩返しするからな」

「俺もだ。街中に行けるのはレーナのおかげだからな」

「そうね。お母さんもレーナには本当に感謝してるの。街中に行ったら、私も家族のために頑張るわ」

「皆……」

恩返ししてもらいたいなんて思ったことはなかったけど、そう言ってもらえると嬉しい。本当に家族には恵まれてるよね……お父さんもお母さんもお兄ちゃんも大好きだ。

「ありがとう。一緒に頑張ろうね」

「ええ、まずは勉強からね。今日も頑張るわよ！」

「そうだな。美味しいカミュを食べて、やる気は十分だ」

「レーナ、また教えてくれるか？」

「もちろん！」

それから私たちは、引っ越しの予定が早まったことによって皆のやる気がいつも以上に漲《みなぎ》っていたので、長めに勉強を行なった。そして３人とも敬語を使う能力が少し上昇したところで、今日の勉強は終わりとし、ベッドに入る。

準備は順調だし、引っ越す日が楽しみだな。

そんなことを考えながら、わくわくとした気分で眠りについた。

3章　楽しい日々と街中への引っ越し

その日もいつものように仕事をこなしていると、ギャスパー様が資料室に顔を出して私を商会長室に呼んだ。少し緊張しながら付いていくと、商会長室にあるソファーを勧められる。

「突然ごめんね」

「いえ、大丈夫です。何か仕事に関して、問題などがありましたでしょうか……」

やらかしたならせめて自分から話を切り出そうと緊張しながら問いかけると、ギャスパー様はすぐ首を横に振った。よかったと安堵しつつ、それならなんの話だろうと疑問に思う。

するとギャスパー様が、１枚の紙を机の上に載せた。それは筆算の授業中に、ギャスパー様がメモをしているものだ。

「今日は筆算について話があるんだ。今までの授業で筆算のやり方を理解したけれど、これはうちの商会だけで共有していていいようなものじゃない。だから筆算を、研究として国に提出しようと思っている。そこで発案者のレーナに意見を聞きたいんだ」

研究として、国に提出……？　私は驚きすぎて、すぐに言葉が出てこなかった。

「研究として国に発表して、その内容が有益なら国に名前が売れる。さらにはその研究に関して何かしらの事業が始まる場合、研究者にもお金が入ることが多い。その情報をしっかりと認識した上で考えて欲しいんだけど、研究をレーナの名前で発表するので構わないかい？」

ギャスパー様のその問いかけに、私はまだ事態を飲み込めていなかったけど、ほぼ反射で首を横に振った。するとギャスパー様は苦笑を浮かべて、もう一度私に質問してくれる。

「そう言われる気がしていたけれど、本当にいいのかい？　国に名が売れれば、国の研究機関などに雇われることだってあるはずだ」

「……はい。私の名前は出さなくていいです」

というか、ぜひ私の名前は隠して欲しい。確かに名前が売れたらメリットはあるんだろうけど、絶対それに伴うデメリットもたくさんあるはずだ。

私はそこそこの暮らしができれば他に望むのは平穏だけだから、目立つのは避けたい。国に名前を覚えてもらうなんて、名誉というよりも厄介《やっかい》ごとの匂いがする。

「筆算を研究として提出することは構いませんが、名前は隠していただけると助かります」

もう一度しっかりと自分の意思を伝えると、ギャスパー様は頷いてくれた。

「分かった。レーナの望みならばそうしよう。では研究者名はロペス商会にしておくよ。あれは組織名でも受理されるからね」

「そうなのですね。ではそれでお願いします」

それなら安心だと感謝の気持ちを込めて頭を下げると、ギャスパー様は苦笑を浮かべる。そして切り替えるように居住まいを正すと、また口を開いた。

「研究として提出するには資料を作らないといけないんだ。その資料作りは、レーナに頼んでもいいかい？　助手はポールに任せよう」

「もちろんです。ポールさんが手伝ってくれるのなら安心です」

ポールさんはすでに一部の筆算について、私よりも深く理解してるくらいだ。ポールさんの頭の良さには本当に驚く。数学的なことに関する才能は商会の誰よりも、もしかしたらこの国の中でもトップクラスじゃないかと思う。

「ありがとう。では2人で資料作りができるように、仕事の内容を少し変更しておくよ。そうだね……レーナは基本的に午後は計算だったかい？」

「そうです」

「それならば、その時間の一部を資料作りの時間にするのが一番かな。ポールの配達予定がある日は、他の人にずらしてもらって……」

それからギャスパー様はメモ用紙に私たちの仕事について決めたことを書き込み、最後には私に対して優しい笑みを向けてくれた。

「レーナ、君には褒美《ほうび》を出すから何か欲しいものを考えておいて欲しい。レーナが願ったとはいえ、レーナの研究をロペス商会がもらって発表する形になるのだから。もちろんボーナスも渡すけれど、それ以外でも1つ褒美をあげるよ」

「本当ですか！　ありがとうございます」

私は褒美という言葉が嬉しくて、思わず身を乗り出してしまった。だって褒美をもらえるなんて、瀬名風花時代も合わせて初めてだったのだ。

しかも私の意見を加味してくれるなんて、やっぱりギャスパー様は最高の上司だ。

「そこまで高いものじゃないとありがたいかな」

勢いが凄かったからかギャスパー様がそう付け足したので、私は大きく頷いた。

「常識的な範囲内のものにします」

「それでお願いするよ。……それにしても、常識的なんて言い回しをよく覚えたね」

「……読み書きを教えていただく時に、一緒に難しい言葉も覚えてるんです」

これはあながち嘘ではない。ただそれ以外に、普段の会話から言葉の意味を予測して覚えているというのも大きい。

私は日本語で一通りの言葉をマスターしてるから、他の人よりもそれが容易にできるのだ。

「本当にレーナは頭がいいよ。これからも頑張ってね。期待しているよ」

「ありがとうございます。これからもよろしくお願いいたします」

「じゃあポールにも話をしたいから、呼んできてくれるかい？　レーナはポールに声をかけたら、仕事に戻っていいよ」

「かしこまりました。では失礼いたします」

そうしてギャスパー様との話を終えた私は、商会長室から出てほっと息を吐いた。やっぱり雇い主の部屋に呼ばれるのって緊張する。

店舗のカウンター内で商品の包装をしていたポールさんに声をかけ、また資料室に戻る。そして時計を確認すると、終業時間まであと1刻ほどだった。1刻もあれば、かなり進められるかな。私は気合を入れて、またペンを握った。

＊＊＊＊＊

忙しく仕事の日々は過ぎ去っていき、2回目の9連勤を終えた。これがこの世界の標準だとはいえ、日本では5連勤が標準の社会で生きていたので、まだ慣れない。

9日も働いて休みは1日だけなんて、この国の人たちは働き者だよね……。

そんなことを考えながら向かっているのは、街中の市場だ。

今日は前回の休日と同様に、ダスティンさんの工房へ向かう予定だけど、その前にジャックさんへのお祝いの品を買いに来た。私がロペス商会に雇ってもらえたお祝いに整髪料と櫛をもらったので、そのお返しをしたいと思っていたのだ。

それから、ダスティンさんのところに持っていく手土産も買いたい。この前子供って言われたからね……実際に子供だってことは否定しないけど、少しは大人な部分も見せたい。

——こうしてムキになるところが子供だって言われたら、反論できないけど。

まあ大人な部分を見せるとか関係なく、色々と良くしてもらってるんだから、手土産ぐらい持っていくべきだよね。

「いらっしゃいませ~。可愛いお花が揃ってますよ」

市場を見て回っていたら、お花屋の女性に声をかけられた。でもお花は……さすがに違う。ダスティンさんへの手土産は甘いもので決まりだし、ジャックさんへのプレゼントはもう少し実用性があるものがいいだろう。

例えばちょっとオシャレなペンとか。あっ、髪飾りが売ってる。でも髪飾りはたくさん持ってるよね……さすがにあれ以上あっても仕方ない気がする。

ジャックさんは、ギャスパー様に似合うだろうから接客の時に髪飾りを付けてみなさいと言われ、それを付けてお店に出たら、お客さんに大好評だったのだ。それで一部のお客さんからは髪飾りをプレゼントされたりもして、今では日替わりで違う髪飾りを付けている。

確かに凄く似合ってたから、プレゼントしたくなる気持ちは分かるんだよね……。でもさすがにジャックさんは1人しかいないんだし、もう髪飾りは必要ないはずだ。

——そうだ、髪飾りを仕舞っておくための箱はどうだろう！

私はいいプレゼントが思いついて、思わず立ち止まってしまった。確かジャックさんが、ロッカーの中が髪飾りでいっぱいで大変だって、この前言ってたはずだ。

「すみません。髪飾りを綺麗に仕舞っておける箱って売ってますか？　贈り物なんですけど」

さっそく髪飾りを売ってるお店の店員さんに聞いてみると、店員の女性は笑顔で頷いてくれた。店頭には出ていない商品のようで、いくつか後ろから取り出してくれる。

「こちらの3つですね。右から2つは引き出しタイプで、左のものは開戸タイプです」

「ありがとうございます」

3つの箱は、どれもシンプルだった。装飾などはなくて機能性重視という感じだ。やっぱりそこは市場のお店なのだろう。お洒落なものは、大通り沿いの雑貨店とかに売ってるのだ。

でも私にとってはちょうどいい。ジャックさんは装飾されたお洒落な箱より、シンプルなものの方が喜びそうだから。

どっちがいいか悩むね……。引き出しタイプの方が収納できる髪飾り数が多いって利点があるけど、開戸タイプには開いてすぐに全部の髪飾りを見られるっていう利点がある。

ジャックさんは……やっぱり利便性重視かな。引き出しタイプだと、奥に仕舞ったものは、ずっと使われなさそうだ。

「これはいくらですか？」

開戸タイプの箱を示してそう聞くと、店員の女性は笑顔で答えてくれた。

「銀貨1枚です」

ちょっと高いけど……まあいいかな。ジャックさんが気にしてしまう金額ではないはずだ。

「じゃあ、これでお願いします」

「分かりました。お買い上げありがとうございます」

お金を支払って持っていたトートバッグ型の鞄《かばん》に箱を入れてもらったら、ジャックさんへの買い物は終了だ。次はダスティンさんへの手土産だね。

それから私は楽しく市場を見て回って、ダスティンさんへの手土産も無事に買うことができた。さらにいつもお世話になっているロペス商会の皆にも、ちょっとした手土産を買った。

皆にはお昼ご飯を分けてもらったり、お菓子をもらったり、可愛い髪飾りをもらったり、思い返せばキリがないほどにたくさんの物をもらってるから、お礼がしたいと思ってたのだ。

たくさんの荷物を持ってロペス商会に向かうと、ちょうどジャックさんとポールさん、それからニナさんが休憩室にいた。昨日帰る前に今日の休憩表を見ておいたけど、ちゃんと時間通りだったみたいだ。

「あれ、レーナちゃんどうしたの？　何か忘れ物？」

「いえ、皆さんに少し用事があって寄りました。まずはジャックさん、かなり遅れちゃったけど本店に異動おめでとう！　あと私をギャスパー様に紹介してくれて、本当にありがとう。ちゃんとお礼もお祝いもできてなかったから、遅くなったけどこれ使ってくれたら嬉しいな」

改めてお祝いや感謝を述べるのはなんだか恥ずかしくて、ちょっとだけ早口になりながら鞄から箱を取り出すと、ジャックさんは驚きの表情のまま受け取ってくれた。

「それ、髪飾りを収納できる箱なの。ジャックさんは1つ持ってたら便利かと思って」

「……レーナ、ありがとな。すげぇ嬉しい」

ジャックさんは噛み締めるようにそう言って、ニカッと眩しい笑みを浮かべた。喜んでもらえてよかった……やっぱりこういうプレゼントって緊張する。

「レーナちゃん！　本当にいい子ね……！」

「うわっ」

私たちの様子を見ていたニナさんが、感極まった様子で私をぎゅっと抱きしめた。

「ジャック、絶対大事にしなさいよ！　一生大事にしなさいよ！」

「お、おうっ、もちろんだ」

「いや、別にそこまでしなくても……」

「いいえ、レーナちゃんからの贈り物なのよ？　そのぐらいは当然よ」

私を解放すると、腰に手を当ててそう宣言するニナさんは、なぜか自慢げで可愛らしい。ニナさんにも何か買ってくればよかったかなぁ。ニナさんって意外と可愛いものが好きだから、可愛いぬいぐるみのキーホルダーとか喜んでくれる気がする。

「あの、これは皆さんになんですけど、クッキーの詰め合わせを買ってきました。いつも色々といただいてるので。休憩の時にでも食べてください」

とりあえず皆への手土産を渡そうと思って鞄から取り出すと、それに真っ先に反応したのは予想通りポールさんだった。

「クッキー！　買ってきてくれたの⁉」

「はい。日頃の感謝とお礼に」

「レーナちゃん、ありがとね」

ポールさんが感動の面持ちでクッキーを受け取り、さっそく開けようとしたところで……ジャックさんとニナさんが同じタイミングでポールさんの頭を軽く叩《たた》いた。

「ポールは一番最後だ」

「そうよ。ポールが食べたら一瞬でなくなるじゃない。まずはギャスパー様に持っていって、

次に皆で分けて残ったのをあげるわ」

「え、今食べちゃダメなの？」

「……じゃあ、1つだけよ」

ニナさんの渋々といった様子のその言葉に、ポールさんは満面の笑みでクッキーに手を伸ばした。ポールさんって本当に美味しそうに食べるよね……見てるだけで笑顔になれる。

ジャックさんはイケメンすぎる絶対の推しだけど、最近はポールさんも可愛い癒され枠で私の推しになりつつある。というかポールさんって、仕事ができて計算能力はかなり高くて、料理もできて癒しオーラ出てて、意外とモテるんじゃないのかな。

「じゃあ、私は行きますね。お仕事頑張ってください」

「ええ、レーナちゃん、本当にありがとう」

「レーナ、ありがとな。これ大切に使う」

「レーナちゃん、クッキー美味しいよ」

ニナさんとジャックさんの言葉に笑顔で頷いて、ポールさんの言葉で少しだけ苦笑混じりの笑みになり、最後に皆に手を振って裏口からお店をあとにした。

これで今日の予定1つ目は終了だ。

次の行き先であるダスティンさんの工房に向かいながら、この前の休日に話した魔道具はどうなってるのかなと考えているとと、すぐ工房に着いた。

「ダスティンさん、レーナです」

玄関のドアをノックすると、今日はちょうど手が空いていたのか、ダスティンさんが中からドアを開けてくれる。

「やっと来たか」

「おはようございます。ちょっと買い物とロペス商会に寄っていて遅くなりました。これ、よかったら食べてください。いつも良くしていただいてるお礼です」

中に入ってさっそくとクッキーを手渡すと、中身を確認したダスティンさんは僅かに頬を緩ませた。それをしっかりと目撃した私は、自然と笑顔になる。

やっぱりダスティンさんは甘いものが好きなんだね。これからの手土産は甘いもので決定だ。

「あとでいただこう」

「ぜひ」

「ではレーナ、こっちに来てくれ。実はちょうど魔道具の改良が終わり、成功しているのか試してみるところなのだ」

「おおっ、もう終わったんですか？」

「成功するかは分からないがな。数日前には失敗した」

そうなんだ……やっぱり難しいんだね。確かに少し話を聞いた限りでも、魔石や魔法を組み合わせると思わぬ効果を発揮し、どうなるのか分からなそうだった。

「どっちの魔道具ですか？」

「洗浄の方だ」

工房の中に入ると、中央に置かれた台の上にコンパクトな箱が置かれていた。見た目はあまり変わってなさそうだけど、これで成功してるのかな。

「とりあえず、青色と白色の魔石だけで作ってある。ただ服を綺麗にするにはいくつもの工程が必要なので、魔法を何個か組み込んである。それがどう影響するかだな」

ダスティンさんはそう説明しながら、箱の中に汚してあるシャツを入れて洗剤を投入した。そして洗浄開始のボタンを押し込む。

すると箱がガタガタと動き始めて――数十秒後には、ちょっと怪しい音を立て始めた。ギギギ……と金属同士が擦れ合うみたいな音に加えて、沼みたいな重い泥水に足を突っ込んだ時のような、変な水音も聞こえてくる。

「ダ、ダスティンさん、これは、成功なのでしょうか？」

恐る恐るダスティンさんの顔を見上げると、その表情はかなり厳しかった。そして何を思ったのか私のお腹に腕を回してぐいっと抱き上げると、工房の壁際まで駆け足で下がる。

突然の動きになされるがままになっていると、よく分からない透明な板の後ろにダスティンさんがしゃがみ込んだ。当然抱き上げられている私もそこに座り込むことになり、何をするんだと抗議するため、ダスティンさんの顔を見上げようとした瞬間――

ボンッッと何かが爆発するような音が、工房内に響いた。

それに反射で首をすくめていると、ぼたぼたっと重い液体が工房に降り注ぐ音が聞こえる。

「な、何が……」

突然の出来事に混乱しながら工房内を見回すと、そこには緑色のドロッとした液体が、まるで爆発で飛び散ったかのように、工房中にぶちまけられている光景があった。

あんまりな惨状に衝撃を受けつつ、隣にいるダスティンさんを見上げる。

するとそこには……緑色の液体を頭から滴らせたダスティンさんがいた。

「ふふっ……っ」

私は思わず吹き出しそうになってしまい、慌てて口を閉じる。ダスティンさんには液体が真上から直撃したらしい。

「……魔法を書き込みすぎたか。何かが作用し合って水が変質して膨張したな」

液体を拭《ぬぐ》いもせず、冷静に失敗の原因を分析しているダスティンさんが面白く、また笑いが込み上げてきてしまう。

「ダ、ダスティンッ、さん……っ」

「なんだ？」

「は、早く頭を、拭いた方がいいです」

なんとかそう伝えると、ダスティンさんは自分の頭に手を当てた。そしてベタッとした液体に触れると、嫌そうな表情になる。

「確かにこれは酷いな。……なんだこの匂いは。まるで長年放置しておいた腐った水だ」

「あぁ……確かにそうですね」

言われてみれば、ドブみたいな臭いがする。普段からスラムでこんな臭いを嗅いでるから、そこには意識が向かなかった。

「片付けないとですね」

なんだか楽しい気分でそう告げると、ダスティンさんは不思議そうに私の顔を覗き込んだ。

「この惨状で楽しそうにできるのは凄いな」

「そうですね……自分でもよく分かりませんが、魔道具開発は突拍子もないことが起こるんだなって思ったら、楽しくなっちゃって。ダスティンさんが好きなのも分かります」

本心でそう告げると、ダスティンさんも楽しそうに口角を上げた。

「そうだろう？　そしてその突拍子もない事柄に、小さな規則性を見つけた時が嬉しいのだ」

その考えは、完全に研究者だね。ダスティンさんは運良く汚れてない私に液体を付けないよう立ち上がると、工房中を見回して呟いた。

「まずは掃除だな」

そして近くの戸棚を開け、そこから掃除道具を取り出していく。

「レーナも手伝ってくれるか？」

「もちろんです。それにしても、また改良をやり直しですね」

「いや、なんとなくどの魔法がダメだったのかは予測がついている。別の魔法に変えるか、どうにかして魔法を合体させることができれば、成功に近づくかもしれない」

もう予測がついてるんだ、さすがダスティンさん。それなら予想より早く形になるのかも。

「頑張ってください」

「もちろんだ。じゃあ、この液体をバケツに集めてくれ。溜まったら青草に分解させる」

「分かりました。青草ってこんなものまで分解できるんですか？」

「基本的になんでも分解できるな。ただ分解したものによって、あとに残るものは違う。たぶんこれは……普通に綺麗な水になるだろうな。そうなれば外に流しておいても問題はない」

「へぇ～、凄いんですね」

ダスティンさんは片付けに使うため、トイレの魔道具とは異なる分解の魔道具を作ったらしい。バケツに取り付けて使うもので、取り付けてボタンを押すと中に青草が大量に育つ。

「レーナ、そこの机の上を頼んでもいいか？　この布で拭いてくれ」

「分かりました。水ってどこにありますか？」

「そこの棚の中に給水器がある」

「使いますね」

それから私はひたすら掃除に精を出した。掃除はスラム街で毎日のようにやっていたので、かなり得意でどんどん進む。ダスティンさんも何度も工房をぐちゃぐちゃにしているからか、掃除の腕はプロ並みだった。

「――ふぅ、綺麗になりましたね」

「掃除は終わりだな。礼に昼ご飯をご馳走《ちそう》しよう」

「本当ですか！　嬉しいです」

労働の対価なら申し訳なく思わずに食べられるので素直に喜ぶと、ダスティンさんはふっと優しい笑みを浮かべて私の頭をポンと軽く撫でた。

「ちょうど食材はたくさんあるので、私が作ろう。何が食べたい？」

「え、手料理ですか⁉　じゃあ……ダスティンさんの一番の得意料理でお願いします」

「また難しい注文だな……まあ分かった。食材を見てから決めよう」

それから私とダスティンさんは掃除で汚れた手や顔を念入りに洗い流し、工房からリビングに移動した。

私はダスティンさんが料理をするところを、テーブルに座って大人しく待つ……つもりだったけど、どうしても気になって後ろから手元を覗いた。

「それ、なんのお肉ですか？」

「ハルーツのヒレだ」

ヒレは確か、牛肉に近い味の部位だ。それをミンチにしてるってことは、もしかしてハンバーグとか？　想像だけでお腹が鳴りそう……。

「……そんなに気になるか？」

「はい。普段は扱えない食材ばかりですし、調理器具もとても便利そうで気になります」

この家は魔道具師の特権なのだろうけど、普通は貴族の屋敷にしかないはずの魔道具がそこかしこで当たり前のように使われていて、見て回るだけで楽しいのだ。

「ではレーナも手伝え。ナイフは使えるか？」

「もちろんです！」

「凄い勢いだな……あそこの台を持ってきて、その板の上で野菜を切って欲しい。切る野菜はオニー、キャロ、アネだ。全てこの肉ぐらい細かくしてくれ」

「分かりました」

私は仕事がもらえたことが嬉しくて、意気揚々と台を運んでその上に立った。そして私の手には大きなナイフを使って、怪我《けが》をしないように気をつけて野菜を切っていく。

まず手に取ったのはアネだ。アネは日本にあった野菜に例えると、パプリカかな。瑞々しいけど少しの苦味があって、火を通すと甘くなる。でも日本のパプリカより小さくて、色のバリエーションも多い野菜だ。

「ダスティンさん、今日は何を作ってるんですか？」

「肉団子だ。その野菜を炒《いた》めて味付けして、この肉と混ぜ合わせる。そして……そうだな、親指と人差し指で作れる輪と同じぐらいの大きさに丸めるんだ。それを焼いてからソースと絡めて完成だ」

おおっ、それって肉団子だ。絶対に美味しいやつ！

「ラスタも炊きますか？」

「もちろんだ。肉団子にはあれがないとな」

「ダスティンさん、分かってますね」

やっぱり肉団子には、白米に似たラスタだよね。この国ではラスタ派とラスート派に分かれるらしいけど、今までの感じからしてダスティンさんはラスタ派な気がする。

「レーナ、そこにあるボウルを取ってくれ」

「はい」

それからも私はできる範囲でダスティンさんを手伝い、ちょうどお腹が鳴り始めた頃に全ての料理が出来上がった。

「食べるか」

目の前で艶々と輝きを放ちながらいい香りを発している肉団子に誘われて、フォークを持つ手を伸ばす。肉団子にプスッとフォークを刺して口に運ぶと……口に入れた瞬間に、ジュワッと幸せな肉汁が溢れ出た。その肉汁は肉団子が纏《まと》っていたソースと絶妙に絡み合い、口の中でこの料理の美味しさの最大限が作り出される。

「お、美味しすぎます……！」

濃厚な旨味に支配された口の中にさっぱりとしたほのかな甘味のラスタを入れると、これがまた合いすぎる。もう幸せだ……ダスティンさん、めちゃくちゃ料理上手い。

「それはよかった。……うん、美味いな」

ダスティンさんは自分が作った料理の出来栄えに満足したようで、うっすらと頬を緩めて一度だけ頷いた。

それから私たちはたまに言葉を交わしながらも、美味しい食事に集中した。そして肉団子も半分ほどがなくなり、少し空腹感も落ち着いてきた頃、私はふと思い出したことを口にする。

「そういえば、染色の魔道具はどうですか？」

「ああ、そちらの話をしていなかったか。実はそちらの方が、上手くいっているのだ。やはり元々ある技術を応用するというのは失敗が少ない」

「そうなのですね。では一時的に染色させることには成功したのですか？」

「今は1週で消えるところまできている。あとは布の傷み具合に関しての実験や、色むらをなくす改良、それから染めたくない部分をどうするのかについて、もっと利便性が高いものにできないかを考えているところだ」

もうそんなに進んでるんだ。やっぱりダスティンさんって優秀なんだね。いつも爆発ばかりしてるから、ちょっとだけ腕を疑ってたんだけど……それは内緒にしておこう。

「完成を楽しみにしています」

「ああ、まだ先になるが、完成したらレーナにも試してもらいたい」

「もちろんです」

「染色の魔道具に目処《めど》がついたら、4つの魔石を使った洗浄の魔道具開発に着手するか……」

私はダスティンさんがボソッと呟いたその言葉を聞いて、思わずダスティンさんをじっと見つめてしまった。

「――さっきの惨状を忘れたんですか？」

そう告げると、ダスティンさんは気まずそうに私から目を逸《そ》らし、落ち込んだ様子で呟く。

「しばらくはやめておこう」

絶対にそれがいいよ。2つの魔石といくつかの魔法の組み合わせだけで、あんな変なことになるんだから、4つとかほぼ不可能だ。染色の魔道具は奇跡の産物だと思う。

「私が言うのも微妙ですが、少なくとも2つの魔石を使った洗浄の魔道具が、完成してからがいいと思います」

「……そうだな、そうしよう」

ダスティンさんは、難易度が高い研究に挑戦したいんだろうな。本当に研究者気質だよね。

それからはしばらくやめておこうと言いつつ、どうすれば4つの魔石を組み合わせた魔道具が、偶然ではなく作れるのかに関するダスティンさんの仮説を聞きながら、残りの肉団子を味わった。話は難しくてよく分からなかったけど、ダスティンさんの楽しそうな年相応の笑みが印象に残った。

◆◇◆◇◆

ダスティンさんの工房で午前中を掃除に費やしたあの日から、約2週が経った。今日は9連勤の9日目で、私は仕事が終わったあとに商会長室へ足を運んでいる。

「それで、今日はなんの話かな？」

「本日はお時間をとっていただき、ありがとうございます。実は引っ越しに関してギャスパー様にお力添えを願いたいと思っておりまして、この場を設けさせていただきました」

私がそう切り出すと、ギャスパー様は満足そうに微笑んで口を開いた。

「レーナは本当に敬語が上手になったね。違和感はほとんどないよ」

「本当ですか！　ありがとうございます」

空いた時間を駆使して皆に教えてもらっていた成果を褒められて、表情が綻《ほころ》んでしまう。

「それで引っ越しだったね。部屋の紹介かな？」

「はい。そろそろお金も貯まりましたので、部屋を探し始めることにしました。ギャスパー様が部屋を探す時には力になると仰《おっしゃ》ってくださいましたので、ご相談させていただきたいです」

「もちろん力になるよ。どんな部屋がいいか要望はあるかい？」

「安くて好立地だと嬉しいです。部屋の狭さや不便さなどには目を瞑《つむ》りますので」

家族と話し合って、部屋を見つけるのにどこを重視するのかは決めてある。私は快適な室内を重視したかったんだけど、皆からしたら街中の部屋はどこもスラムの小屋よりは快適だろうから、それよりも立地を重視したいってことだった。

まあ確かに、治安とかは大切だから分かるんだけどね。

「ふむ、安さと立地を重視するんだね。……いくつか思い浮かぶところがあるよ。知り合いの不動産屋に声をかけてみるから、明日は暇かい？」

「自由に動けます」

「では明日の5の刻に、ここに来て欲しい。不動産屋と引き合わせよう。ただ私は明日予定があって、内覧には同行できないんだ。誰か大人を連れて来られるかい？　さすがに君が1人では、管理者によっては断られることもあるだろう。私が紹介する不動産屋は大丈夫だろうけれど、各アパートには管理人がいるからね」

確かにそうだよね……こんな子供を信用して部屋を貸してくれる人は少数だろう。いくらロペス商会からの紹介があると言ったって。

「……お父さんはどうでしょうか？」

皆には街に入る時に払うお金がもったいないし、私がお金を出すんだからレーナが好きに部屋を選んでいいと言われてるけど、大人が必要って言えば一緒に来てくれるだろう。

「そうだね……市民権がない人はちょっと難しいかな。それに定職がある人の方がいい」

確かにそうか、日本でもそうだったもんね。定職がない人が部屋を借りるのは厳しい。

うぅ、そうすると途端に難しくなる。ジャックさんとニナさん、それからポールさんは明日出勤だったはずだし、私と一緒に休みの人は、彼女とのデートが楽しみだと言っていた。

――そうなると、思い浮かぶのは1人だけだ。

「1人だけ心当たりがあります。以前ギャスパー様にご報告したと思うのですが、魔道具工房を営むダスティンさんです」

「ああ、そういえば彼がいたね。レーナが溢《こぼ》したアイデアを評価してくれたんだっけ？」

「はい。それでアイデア料を受け取り、それからも休みの日には工房にお邪魔していて……」

「それなら、ちょうどいいね。彼に頼んでみてくれるかい？　もし彼がダメならうちの商会員の手が空いていれば、レーナの方に行ってもらえるようにお願いするけど」

「ありがとうございます。できる限り一緒に来てもらえるよう、頼んでみます」

部屋を紹介してもらえるだけでありがたいのに、これ以上迷惑をかけたくないから、ダスティンさんの予定が空いてたらいいな……。

「じゃあ明日は、遅れないようここに来てね。もし彼が来てくれるなら、彼も一緒に」

「分かりました。ご紹介、よろしくお願いいたします」

「任せておいて」

そうして私は商会長室をあとにして、外門に向かう前にダスティンさんの工房へ向かった。

休みの日以外でここに来るのは初めてだ。いつも通り工房で魔道具の改良をしてるんだろうと思いながら、ドアをノックすると……ドアを開けてくれたのは、知らない男性だった。

「……お前は誰だ？」

「えっと……レーナですが、あなたは？」

お互いに誰だか分からず困惑していると、奥から声が聞こえてくる。

「クレール、誰が来たんだ？　勝手に出るなといつも言っているだろう？　配達なら金を払っておいてくれ」

「かしこまりました。……配達か？」

「いえ、ダスティンさんに用事があって……」

クレールさんと呼ばれた男性は、茶髪に茶色の瞳でどこにでもいそうな平凡な男性って感じなんだけど、こちらを探るような目だけが鋭くて怖い。誰だろう、この人。ダスティンさんの声音を聞くに親密そうだけど……この人、さっき敬語を使ってたよね。魔道具師の弟子とか？

「配達ではないようです。小さな子供ですが」

クレールさんが工房の方に声をかけたと同時に、ダスティンさんがリビングにやってきた。

「ん、レーナじゃないか。どうしたんだ？」

「この子供と、知り合いなのですか？」

「ああ、最近知り合ってな。発想力豊かな面白い子供だ」

「………………」

ダスティンさんの言葉に、クレールさんは言葉こそ発していないけど、胡乱《うろん》げな目つきでダスティンさんを見つめた。なんかピリピリとした雰囲気だね……。

「――こういうのは困ります」

ダスティンさんがクレールさんを押し退《の》けて私の前に来た時、2人がすれ違った瞬間、クレールさんが小声で呟いた声が私の耳に微かに届いた。

2人はどういう関係？　この人は誰？　全く2人の間柄が分からず、凄く気になる。親密そうな感じもするけど、距離がありそうな感じもあって……弟子っていうのも、あんまりピンと来ない。すっごく聞きたいけど、聞ける雰囲気じゃないよね。

「クレールは中に入っていろ」

「……かしこまりました」

クレールさんが工房に向かって、玄関先にはダスティンさんと私だけになった。

「待たせてすまないな。今日はどうした？」

「あっ、あの……明日お時間があるなら、部屋の内覧に付き合っていただけないかなと思ったのですが……さっきのクレールさん？　がいらっしゃるなら無理ですよね」

「ほう、もう街中に引っ越してくるのか？」

「その予定です……」

「分かった。確かに大人がいた方がいいな。明日は急ぎの仕事もないし行けるぞ」

「でも、さっきの人は……」

あの人が誰なのか教えてもらえないかなという気持ちもありつつそう聞くと、ダスティンさんは面倒くさそうな表情を隠さず首を横に振った。

「あいつは気にしなくていい。このあとすぐに帰る」

「……そうなのですか？　お弟子さんとかじゃ」

「そういうのではない。あいつは……小さな頃からの知り合いみたいなものだ。たまに安否確認にやってくる」

「そう、なのですね。……明日来ていただけるの、とてもありがたいです」

ダスティンさんがあまり追及されたくなさそうだったので、私はクレールさんのことをこれ以上聞くのは止めて、明日の話に話題を変えた。

「何時にどこに行けばいい？」

「ロペス商会に5の刻なので、4の刻9時ぐらいに私がこちらに来てもいいですか？　それで一緒に商会まで行っていただけると助かります」

「4の刻9時だな。分かった」

「よろしくお願いします。では、今日は失礼します」

「ああ、また明日」

そうしてダスティンさんと明日の約束をして、最後に何気なく工房の中に目を向けると……そこにはこちらをじっと見つめるクレールさんがいた。

私はその探られるような瞳が怖くて、すぐに目を逸らして帰路に就いた。


次の日の午前中。私用の時計がなくて正確な時間が分からないので、遅れないようにと早めにダスティンさんの工房へ向かった。少し緊張しながらドアをノックすると……扉を開けてくれたのは、まだ部屋着姿のダスティンさんだ。私はダスティンさんの顔を見てホッと安堵のため息をつき、おはようございますと挨拶をした。

「随分と早いな。4の刻9時じゃなかったか？」

「そう約束したのですが、スラムでは正確な時間を知る術《すべ》がなくて、遅れるよりは早めにと家を出ました。もしご迷惑でしたら、どこかで時間を潰しますが……」

「いや、構わん。入るといい」

「ありがとうございます」

最初よりは見慣れた部屋の中を見回すと、そこにはいつも通りの光景が広がっているだけだった。クレールさんはいなそうだね。

「今日はいくつの部屋を回るんだ？」

「それはまだ聞いていないのですが、うちの家族の要望は安くて立地がいい部屋なので、それに適合する部屋を紹介してもらえるのだと思います」

ダスティンさんがミルクとシュガを入れたハク茶を淹《い》れてくれたので、私はありがたく受け取って椅子に腰掛けた。

ふぅ……あったかくて美味しい。最近は火の月も終わりに近づいてるからか、肌寒く感じることが増えてきて、飲み物はホットが美味しく感じるようになってきた。

「部屋の快適さよりも立地なのか？　立地はいいが不便な部屋は住みにくいぞ」

「私もそう思うんですけど、治安が悪いところは私が危ないからってお父さんが譲らなくて」

そう言って苦笑を浮かべたら、ダスティンさんも納得したのか頷いた。

「レーナの父親は過保護なのだったな」

「まあ、そうですね。自分で言うのも微妙ですけど、私のことが大好きなんです」

「……そう言えるのは、素敵なことだ」

どこか遠くを見つめながら呟いたダスティンさんは、なんだか寂しそうだった。ダスティンさんの家族の話は聞いたことがないけど、いい関係性じゃないのかな……。

「さて、私は着替えてくるので少し待っていてくれ。レーナは商会で制服に着替えるのか？」

「はい。なのでここで待ってます」

それからダスティンさんが着替えて私がハク茶を飲み切って、時間が4の刻8時になったので2人で工房をあとにした。商会に着いて裏口から中に入ると、そこにはちょうどジャックさんがいる。身嗜《みだしな》みの最終確認をしているらしい。

「ジャックさん、おはよう」

「おっ、レーナ。おはよう。今日は部屋を紹介してもらうんだってな」

「うん。ギャスパー様に聞いたの？」

「ああ、もしダスティン様の予定が合わなかったら、俺が一緒に行って欲しいって。でも大丈夫みたいだな」

ジャックさんは私の後ろに視線を向けると、髪飾りの位置を整えてニコッと笑みを浮かべた。

「ダスティン様、レーナに付き添ってくださりありがとうございます」

「いや、気にすることはない。私もレーナには世話になっているからな。それに今日は客として来ているわけでもないし、そんなにかしこまらなくともいい」

「分かりました。ありがとうございます」

ダスティンさんって私以外の商会員にも知られてるんだね。配達はほとんど私だから、皆に周知のお客さんだとは思ってなかった。

「ダスティンさんって、店舗にも来てるんですか？」

「もちろんだ。ここには定期購入しているもの以外にも、良いものがたくさんあるからな」

「そうだったんですね」

「……レーナはダスティン様と結構仲がいいんだな。今回ギャスパー様にダスティン様の名前を聞いた時に不思議だったんだが、配達で意気投合したのか？」

私はその質問に、ダスティンさんを椅子に誘導しながら頷いた。

「私が魔道具作製に興味を持って、それで休みの日にも工房にお邪魔してるの」

「レーナのアイデアは私にも有用なのだ」

「へ～、そうなんですね。やっぱりレーナは凄いな」

「私のアイデアを、上手く魔道具に落とし込んでくれるダスティンさんが凄いんだけどね。じゃあダスティンさん、少しここで待っていてください。私は着替えてきます」

「分かった」

それから私は更衣室に向かって、素早く制服に着替えて休憩室に戻った。するとちょうどいい時間になっていたので、そのままダスティンさんと商会長室に向かう。

「もうお店が始まってるので、静かにお願いします。階段は廊下の先です」

「……裏はこんな作りになっていたのだな」

ダスティンさんはいつも贔屓にしているお店の裏側が面白いようで、興味深げに辺りを見回した。今更だけど、お客さんでもあるダスティンさんを連れてきてよかったのかな……まあ、ギャスパー様に提案されたんだからいいんだろうけど。

商会長室に着いて扉をノックすると、中からすぐに声が聞こえてきて扉が開いた。扉を開けてくれたのはポールさんだ。ちょうどお客様にお茶を出していたところだったらしい。

「失礼いたします」

「レーナ、よく来たね。ダスティン様もレーナへの付き添い、ありがとうございます」

「いえ、私もレーナには日々助けられていますので」

ギャスパー様と簡単な挨拶をしたら、さっそく不動産屋さんを紹介してもらった。私とダスティンさんの向かいに男性が腰掛けて、横にある一人席にギャスパー様が座る。

「紹介するよ。私がこの商会を立ち上げる時にも協力してもらった信頼できるお方で、コームさんと言う。コームさん、こちらがお話ししたレーナとその付き添いのダスティン様です」

コームさんは茶髪で茶色の瞳の優しそうな人だった。眼鏡をかけていることできっちりした印象も受けるけど、全体的には優しそうな雰囲気だ。

同じく眼鏡をかけてるダスティンさんとは、全くタイプが違う。ダスティンさんは慣れたら優しくていい人って分かるけど、初対面の印象だけだとちょっと怖い感じだからね……。

「レーナと申します。よろしくお願いいたします」

「ダスティンです。よろしく」

「ご丁寧《ていねい》にありがとうございます。私はコームと申します。本日はレーナ様のご要望に沿った最適なお部屋をご提案させていただきますので、よろしくお願いいたします」

それからギャスパー様も交えて少し雑談を交わし、コームさんがお茶を飲み切った頃に、さっそく候補の部屋へ向かうことになった。裏口から商会を出るとコームさんがこちらにと案内してくれたので、私とダスティンさんはそのあとに付いていく。

「本日ご案内するお部屋は、３つご用意しております。その中で気に入られたお部屋がありましたら、仰ってください。ない場合はまた別の物件を探しますので、その場合も遠慮なく仰ってください」

「分かりました。ありがとうございます」

上から見下ろされてると私が感じないようにか、コームさんは少しだけ離れた場所で、軽く腰を落として声をかけてくれた。こういう小さな配慮をしてくれる人はいい人だよね。

「部屋を借りる時って、月ごとに料金を支払うのでしょうか」

「それは管理者によって異なりますが、基本的には月ごとのお支払いとなります。ただ3週や半月でというお部屋もありますので、そちらもご案内の際に説明させていただきます」

管理者によって変わるんだね……できれば短い期間ごとの支払いの方が、1回で支払う金額が少なくていいかもしれない。まだ大金を保管しておくのは緊張するし。

「もう少しで1つ目のお部屋に到着いたします。こちらの角を曲がって路地に入っていただき……あちらに見える建物でございます」

コームさんが示した建物は、とても綺麗で清潔感のある外観だった。まだそこまで古さは感じず、手入れも行き届いているように見える。立地は大通りから路地に入ってすぐのところだし、ロペス商会から近くて私の配達圏内。今のところかなりの好条件かな。

「こちらの3階のお部屋が空いておりまして、3階なので家賃はお安くなっております」

3階なのか……この国ではエレベーターみたいなものがないから、基本的には上の階ほど安くて1階が一番高くなる傾向がある。

水や火種を買ってそれを部屋まで運ぶのは上層階ほど大変だし、魔法使いにトイレの分解を頼むにしても、魔法使いによっては上層階の方が値段を高く設定したりするらしいのだ。

「管理人は食堂を営まれていたご夫婦が、お店を息子夫婦に譲ってから始められました。管理人歴は5年です。ご夫婦のあとは食堂を継いでいない別の息子さんが管理を引き継ぐことになっておりますので、管理人不在となる危険性は低い物件です」

そんな解説を聞きながら建物に入って階段を上ると、すぐに3階へ辿《たど》り着いた。コームさんが鍵を使って扉を開けると……中は予想以上に広かった。

土足前提の部屋なので玄関を中に入るとそのまま廊下で、目の前の突き当たりに扉がある。しかしその扉を開けず右に目を向けると、そちらがこの部屋のリビングのようだった。

「玄関を入って正面にあるのが水場へ繋がるドアです。そして水場のさらに奥がトイレとなっております。リビングと寝室は右手側にございまして、右手に進んだ広い空間が全てリビングとなっております」

玄関から部屋に入って体を右に向けると、目の前に広いリビングがある。そしてそのリビングとカウンターを隔てて存在しているキッチンは左手側だ。寝室は右手側で、リビングにある扉の先が寝室になっているらしい。

部屋にはいくつもガラス窓があって、光花がなくても明るい。開放的で素敵な部屋だ。

「凄くいい部屋ですね」

そう素直な感想を述べると、コームさんはにっこりと微笑んで窓を開けた。

「高層階ですので窓からは心地良い風が入り込みます。またこちらのアパートは隣が2階建ての建物でして、日当たりのいいお部屋となっております。窓際にお洗濯物を干されれば、すぐに乾くでしょう」

窓からの景色は悪くないし、建物の中も綺麗だ。もうここでいい気がしてきた。

「先ほど水場と仰っていましたが、上層階では汚水をどうするのですか？」

「汚水は全て、水場に流していただくことになります。水場は体を洗ったり衣服の洗濯をしたり、そういう場にも使われます」

「流した汚水はどこに行くのですか？」

「アパートには必ずある、汚水を貯めるタンクです。管理者が定期的に魔法使いへと依頼をして、汚水を分解します」

そんな仕組みになってるんだ。日本とはちょっと違うけど、快適な生活が送れそうかな。この部屋にする問題点は、階段を上るのが大変なことぐらいだ。

「あの、トイレの分解を魔法使いに頼む場合は上層階の方が高いと聞いたのですが、それはどのぐらいの差があるのですか？」

「そうですね。一度の分解で小銀貨1枚ほどが相場です。3階だとプラス銅貨1枚程度でしょうか。分解を数日に一度頼むとしても、2階や1階のお部屋の家賃と比較したら、3階の方がお得になります」

それならもうここを断る理由がない。この部屋、一目見ていいと思ったし、ここに住む未来が見えるというか、ここに住みたいという気持ちが湧いてくる。

「ここの家賃を教えていただけますか？　それからこれから紹介していただく他の２つのお部屋の家賃と、大まかな情報もお願いします」

「かしこまりました。まずこちらのお部屋ですが、３週ごとのお支払いとなっておりまして、銀貨８枚でございます」

銀貨８枚か……私の給料が10日で銀貨５枚だから、家賃を払って３週で残る生活費は銀貨７枚。それで家族全員が暮らすのはちょっと厳しいかな……。

でも皆が働くまでなら節約すればいいし、皆が働き始めれば問題なく払えるだろう。

「他のお部屋はどうなのでしょうか？」

「２つ目にご紹介しようと思っていたお部屋は、２階建ての２階に位置するお部屋で、部屋はここよりも少し狭くなります。また周囲に高い建物が多くあり、日の光がお部屋にほとんど入りません。しかしその代わりにお安く、月ごとの支払いで銀貨15枚。３週ですと銀貨５枚の家賃です」

銀貨５枚！　それは確かに魅力的だ。でも日の光が入らないのは、閉塞感があるよね……。

「３つ目のお部屋は一応ご紹介をと思ったお部屋なのですが、ここからすぐ近くにある１階のお部屋です。部屋はここと同じような広さなのですが、何よりも１階という部分がおすすめです。また面している路地が広く、1階でも日当たりがとてもいいです。しかしその分家賃が高く、3週で金貨1枚と銀貨2枚となってしまいます。大通りに近い立地の1階のお部屋でこの家賃はかなりお安いので、一応ご案内させていただこうと候補に入れておりました」

うわぁ……そこ、惹かれる。でも金貨1枚と銀貨2枚はさすがに無理だ。そうなるとこの部屋か、2つ目の銀貨5枚の部屋かどっちかだね。

「2つ目のところも見学をお願いできますか？」

「もちろんでございます」

「ダスティンさんも、付き合ってもらっていいですか？」

部屋の中を興味深げに見回っていたダスティンさんに声をかけるとすぐ頷いてくれたので、私たちはもう1つの部屋に向かうことになった。

「さっきの部屋はどう思いました？」

ダスティンさんの意見を聞かなかったなと思って、もう1つの部屋に向かいながら聞いてみると、ダスティンさんは顎に手を当てて少しだけ考え込んだ。

「悪くはなかったな。トイレが水場の奥というのが、複数人で住む時には少しだけ面倒だとは思ったが、そこは家族なら問題ないだろう」

確かにそうか……ユニットバスみたいなものだもんね。誰かが体を洗ってたりしたらトイレに入りにくい。まあでも、スラムのあのプライバシーのかけらもないボロ小屋に住んでる私たちとしては、そんなもの些細《ささい》なことだ。

「家賃が安い部屋は、どうしてもその間取りになってしまうのです。もう少し広い部屋になると、水場とトイレがそれぞれ独立するのですが……」

「そうなのですね。今回そこは妥協しようと思います」

それからしばらく歩いていると、コームさんが前方を手のひらで示した。

「あちらの建物が、２つ目の紹介物件です」

おおっ、外見はそこまで悪くない。でもさっきコームさんが言っていた通り、周りに高い建物がたくさんあって、それらの建物のすぐ近くにあるから日は全く当たらなそうだ。

「入り口はこちらでして、階段を上がってすぐのお部屋でございます」

コームさんが鍵を開けてくれて中に入ると……そこはさっきの部屋とあまり変わらない間取りだった。でも明確に違うのはその明るさだ。この部屋は暗くて少しジメジメとしている。

「これは……高くてもさっきの方がいいかもしれません」

「そうだな。ここでは洗濯した衣服も乾かないのではないか？」

「パリッとは乾きませんね」

最近は洗浄の魔道具開発の影響で服を干すことが多いからか、ダスティンさんはその部分を

指摘した。安いのは魅力的だけど……さっきの部屋の方がいいかな。なんだかここに住んでた
ら気持ちも沈みそうだ。やっぱり日当たりと明るさは重要だよね。

「コームさん、せっかく連れてきていただきましたが、1つ目の部屋でもいいでしょうか？」

「もちろんでございます。では先ほどの建物に戻りましょう。このまま契約に進んでしまって構いませんか？」

「はい。よろしくお願いします」

それからさっきの部屋がある建物に戻った私たちは、部屋には上がらず、1階にある管理人室に向かった。管理人だというご夫婦はとても優しそうな方々だ。

「あらあら、今回の契約者さんはとても可愛らしいお嬢さんなのね」

「こんにちは。レーナと申します」

「確か4人家族だと聞いていたんだが、今日はいないのかい？」

「はい。今日は私だけで来ました。引っ越しの日に家族皆で挨拶に寄らせていただきます」

この人たちへの挨拶の練習をしないと。今日帰ったらさっそく勉強会かな。

「とても礼儀正しいお嬢さんね〜。楽しみにしているわ」

「契約書はこれなんだけど、内容に問題がなければ署名をしてもらえるかな？」

「分かりました。少しお待ちいただけますか？」

「もちろんだよ」

私は笑顔のご夫婦から契約書を受け取ると、ダスティンさんに屈んでもらって一緒に契約書を読んだ。まだこういう固い文章は完璧には読めないのだ。

「署名しても大丈夫でしょうか？」

「ああ、問題ない。ごく一般的な内容だ」

「ありがとうございます」

ダスティンさんからのお墨付きをもらえたことで、私は安心して署名をした。もうダスティンさんは、私の中の信頼できる人ランキングでかなり上位だ。

「ちゃんと署名されているね。これで契約は完了だよ」

「ありがとうございます。これからよろしくお願いいたします」

私のその挨拶に、ご夫婦は優しい笑みを向けてくれた。なんだかこの2人を見てると和《なご》むな……この部屋にしてよかった。

「引っ越しはいつにするかい？　その日までに部屋の掃除をしておかないといけないから、正確に決めておきたい」

「そうですね……ちょうど10日後が休みなのですが、どうでしょうか？」

「10日後だね。うん、私たちも空いているから大丈夫だよ」

「よかったです。では10日後に引っ越しでお願いします」

これでついにスラム街から抜け出せる……！　瀬名風花の記憶を思い出してから長かったような短かったような、なんだか感慨深い。

管理人夫妻と別れて建物を出た私たちは、ギャスパー様に報告をするため、ロペス商会まで戻ってきた。しかしギャスパー様はまだ出先から戻っていないようだったので、報告は後日にして今日は解散することにする。

「コームさん、今日はありがとうございました。素敵な部屋を借りることができました」

「こちらこそ、ご同行させていただきありがとうございました。お引っ越しの日にも立ち会わせていただきますので、よろしくお願いいたします」

「こちらこそよろしくお願いします。ではまた10日後に」

コームさんと挨拶をして見送ると、残ったのは私とダスティンさんだけだ。

「レーナ、これからどうするんだ？　もう帰るか？」

「そうですね……まだ時間は早いですが、引っ越しの予定を皆に早く伝えたいですし、帰ることにします。次のお休みは引っ越しで潰れてしまうので、しばらくは工房に行けませんね」

「それは仕方がないな。次にレーナが来る時までに、２つの魔道具を完成に近づけておこう」

楽しそうに少しだけ口角を上げたダスティンさんを見ていると、凄く羨ましくなる。私も魔道具開発にもっと関わりたいな。人間の欲望って留まるところを知らないよね……今の私の現状は最高なはずなのに、もっとこうしたいって欲がたくさん湧き出てくるんだから。

「頑張ってください。楽しみにしています」

「ああ、レーナも家族でスラムから街中に引っ越すなど大変だろう。何かあったら私を頼ってくれて構わない」

「いいんですか？」

迷惑じゃないのだろうかとダスティンさんの表情を窺うと、ダスティンさんはすぐに頷いてくれたので、私は満面の笑みを浮かべてお礼を言った。

「ありがとうございます」

やっぱりダスティンさんって、凄く優しい人だ。ギャスパー様、ジャックさん、ニナさん、ポールさん、それにダスティンさん。こんなにも街中に味方がいるんだから、これから大変なことがあってもやっていけるよね。素直にそう思うことができた。

「じゃあ、そろそろ行きますね。また休みの日に」

「ああ、配達もしっかりと頼んだぞ」

「それはもちろんです！」

そうしてダスティンさんと手を振って別れた私は、外門に向かって一歩を踏み出した。10日後に引っ越しできるって伝えたら喜んでくれるかな。皆の反応が楽しみだ。

引っ越し日が決まったことを伝えた時の皆は、それはそれは大喜びだった。私はお父さんにスラムの小屋の中で抱き上げられて、危うく天井に頭をぶつけて怪我をしかけたほどだ。

そんな日から10日間はあっという間に過ぎ去り、ついに今日は引っ越し当日だ。早起きをした私たち家族は、小屋の中にある荷物を全て袋に入れてまとめ、引っ越しの準備を整えた。

「これで全部まとめたわね」

「うん。この布団は置いていくんだよね？」

「ええ、サビーヌにあげるつもりよ。それから家の外にある机も置いていくわ」

大きくて運ぶのが大変なものや、さすがにボロすぎて街中には適さないものは持っていかないと決めた。だから私たちの荷物はかなり少ない。少しの食料といくつかの布と服、それからお父さんが作ったカトラリーなどの小物ぐらいだ。

「朝ご飯は普通に作って食べてから、挨拶に回って街中に向かうんだよな？」

「そうよ。レーナ、スラムで最後の料理をしましょうか」

「うん。ポーツは私が持っていくよ」

「じゃあ私はラストーねト」

それから私たちは皆に悟られないようにいつも通りの食事を作り、焼きポーツだけの簡素な朝食を終えた。そして皆が片付けを始めて仕事に行く準備を進め始めたその時、荷物を全て持って小屋をあとにする。

「あら、そんなに家の中の物を出してどうしたの？」

まず声をかけてきたのはサビーヌおばさんだ。一番仲が良かったお母さんが、サビーヌおばさんに近づいていく。

「サビーヌ、私たち今日引っ越すことになったの。騒ぎになると思って今まで黙っていてごめんなさい。レーナのおかげで私たち全員で街中に住めるのよ」

別れの寂しさよりも、これからへの期待に弾んだ声でそう言ったお母さんの言葉に、サビーヌおばさんは少し瞳を見開いた程度でふわっと微笑んだ。なんとなく分かってたのかな……。

「そうなのね。いつかはそうなるんじゃないかと思ってたわ。ルビナ、おめでとう」

「ありがとう。サビーヌ、これから街中での生活がどうなるのか分からないけど、落ち着いたら会いましょう。そんなに遠くないんだもの、会えない距離じゃないわ」

2人がそんな話をしていると、その声が聞こえた近所の人たちが私たちの周りに集まってくる。その中には、エミリーとハイノ、フィルもいた。

「……レーナ、やっぱり、行っちゃうんだ……っ」

エミリーは瞳に涙をたくさん溜めて、スカートをギュッと握りしめながらそう言った。私はそんなエミリーの姿を見て、泣かないでお別れしようと思っていた気持ちにすぐ負ける。

「エミリー……っ、泣か、ないでっ」

「ふふっ……っ、レーナも、じゃない」

「だって、エミリーが泣くから……っ」

エミリーを強く抱きしめて肩に顔を押し付けると、エミリーも私を抱きしめ返してくれた。

「レーナ、これからも会える？」

「もちろん……！　絶対に、会えるよ。エミリーを街中の家に招待するから、遊びに来てね」

「本当⁉」

私の言葉を聞いて、エミリーはぐいっと涙を拭うと今度は瞳を輝かせた。

「うん、絶対だよ。私が働いてる商会のスラム支店があるって、前に紹介したでしょ？　そこにいる人に伝言してもらえれば私まで届くから」

ちょうどエミリーと一緒に市場に行く機会があって、何気なく教えておいたのだ。スラム街支店で働く商会員にもお願いしてあるし、連絡はいつでも取れる。

「分かった……、じゃあ、たくさん伝言頼むね！」

「ありがとう。でも迷惑にならない程度にね」

そうして私とエミリーが泣きながら笑い合っていると、フィルとハイノも声をかけてくれた。

ハイノはお兄ちゃんとの挨拶は済ませたらしい。

「レーナ、また会えるって本当か？」

「本当だよ。２人のことも街中に呼ぶから楽しみにしてて！」

もう泣いてるけど少しでも明るい別れになるようにと声を張ると、フィルは唇をギュッと引き結びながら頷いて、ハイノは優しく笑ってくれた。

「楽しみにしてる。レーナは本当に凄いな。街中でも頑張れよ」

「うん。お兄ちゃんも街中には友達がいなくて寂しいだろうし、私たちのこと忘れないでね」

「ははっ、忘れるわけないだろ？」

「ありがと」

ハイノが私の頭をポンポンっと軽く撫でて一歩下がると、フィルが私に近づいた。

「レーナ、俺……頑張るからな！　俺もレーナみたいに凄いやつになる！」

そして真剣な表情でそう宣言する。私はそんなフィルが微笑ましくて、思わずフィルの頭に手を伸ばした。

「ちょっ、な、何するんだ。俺は子供じゃないぞ！」

「ははっ、ごめんごめん。なんか可愛く見えて。フィル、私にできる手助けならなんでもするから、気軽に連絡して」

「……分かった。ありがと」

それからも近所のおじさんやおばさん、仲が良かった友達たちに挨拶をして、私たち家族は住み慣れた場所を離れた。

「好意的に送り出してもらえてよかったな」

「本当だね。皆が日頃から近所の人たちと協力してたからだよ。そうじゃなかったら、もっと険悪なムードになってたと思う」

その証拠に近所の人たちの周りには私たちを恨めしそうな目で見ている人がいたし、高いものを持ってるんじゃないかと品定めをしてくる人もいた。今もジロジロと色んな視線を向けられているから、お父さんとお兄ちゃんがいなかったら、ちょっと危なかったかもしれない。

「お母さん、これからスラムに来る時があったら、お父さんかお兄ちゃんと一緒に来ようね」

「そうね。2人がいれば安心ね」

お母さんは私の発言の意図を理解したみたいで、手に持っている荷物をギュッと胸に抱いて頷いた。するとそんなお母さんの様子を見たお父さんが、安心しろとでも言うようにお母さんの肩に腕を回す。

「アクセル、ありがとう」

「ルビナのことは俺が守るから大丈夫だ。もちろんラルスとレーナもな」

「お父さん、ありがと」

「俺も皆を守るぞ」

そうして皆で話しながら歩いていると、やっと外門が見えてきた。いつも通っている外門だけど、皆と一緒に通るというだけでなんだか感動する。

この時間に外から街中に入る人はほとんどいなくて、待つことなく兵士のチェックを受けると、いつも会っている兵士の男性は私たち家族を見て瞳を見開かせた。

「もしかして、街中に引っ越すのか？」

「はい。家族皆で引っ越せることになりました」

「スラムから家族で引っ越すとか、凄いな……」

「嬢ちゃんがどうやったら街中に入れるかって聞いてきたのは、そんなに前じゃないよな？あの時スラムの子は入れないって言ったんだけどな～」

もう1人の男性が苦笑しながら言ったその言葉に、確かにそんな時もあったなと懐かしく思う。まだそこまで昔のことじゃないんだけど、最近は毎日が濃すぎるから、瀬名風香の記憶を思い出した初期の頃のことは遠い昔のように感じるのだ。

「入れるように頑張りました」

「普通は頑張ったって無理なんだけどな、嬢ちゃんは本当にすげぇよ。嬢ちゃんは市民権があるよな？　家族はなければ1人銀貨1枚だ」

「ありがとうございます。家族の分は用意してあります」

私は服の袖を捲って市民権を見せ、皆の入街税として銀貨3枚を支払った。そして兵士の男性たちに手を振って門を通過する。

「やっと皆で街中に入れたね！」

外門広場の入り口で皆のことを振り返ると……3人は、瞳を輝かせて街中を見回していた。

「すっげぇな！　なんか、すげぇよ！」

「お兄ちゃん、凄いしか言ってないよ？」

「だってそれ以外に言葉が出てこないんだ！」

「こんなに大きな建物がたくさんあるなんて、凄いわね」

「どうやって建ててるんだ？　これって石で作ってるのか？」

楽しそうな皆の様子に私も心が浮き立つ。やっぱり私一人じゃなくて、皆と一緒に街中に引っ越すことを目指してよかった。

「石の他にも多様な建材が使われてるんじゃないかな。スラムの家は木造だから全然違うよね」

「ここから見えてる建物が家だって言うなら、スラムのあれは家じゃないな……」

お父さんが思わずといった様子で呟いたその言葉に、私は頷いて同意を示した。スラムのあれは小屋だ。しかもうちは特に、そろそろ取り壊した方がいいって感じのボロ小屋だった。

「壁の中と外でここまで違うなんて……」

「距離的にはすぐ近くなのに不思議だよね。——じゃあ皆、街の様子を見て回るのはあとにして役所に行こうか。引っ越しは約束の時間があるから、その前に市民権を買わないと」

「そうだったわね。役所はどこにあるの？」

「ちょっと距離があるんだけど、うーん……うちから森に行くのと同じぐらいかな」

外壁の近くには役所がないので、前にギャスパー様に連れて行ってもらった役所まで行かないといけない。あそこはロペス商会より街の内側だから、結構距離がある。

「それぐらいなら問題ないな」

「そうね。荷物も重くないし大丈夫よ」

「それならよかった。じゃあさっそく行こうか」

よく考えたら毎日森まで歩いたり畑まで歩いたりしてたんだから、このぐらいの距離は問題ないよね。スラムだと歩くのが当たり前だと思うんだけど、街中だと遠いと思ってしまう。

やっぱりリューカ車の定期便とか、他の移動手段があるからそう思うのかな。

「レーナ、あれがリューカか？」

私がリューカ車のことを考えていたら、ちょうどお兄ちゃんが道路の真ん中を進むリューカ車を指差した。

「そう。あれはどこかのお店が個人で持ってるやつかな。定期便はそうだと分かるように、車部分に定期便って大きく書かれてたりするから」

「そうなのね……凄く大きな動物ね」

「そういえばレーナ、街中にはミューっているのか？」

「もちろん。でも野良のミューはほとんどいなくて、基本的には家の中で飼われてるんだ」

スラム街でのミューの扱いは、害虫を食べてくれる討伐しても旨みのない動物って感じだったけど、街中では完全に愛玩動物だ。日本での犬猫と同じような感じ。

「家の中で飼うのか？」

「そうだよ。家族の一員なの。だから街中でミューを見かけても、捕まえようとしたりしちゃダメだからね。どこかの家から脱走したミューかもしれないし」

「分かった。気をつける」

それからも皆の疑問に答えながら大通りを歩いていると、ロペス商会が見えてきた。私はそこで一度足を止めて、皆に職場を紹介する。

「皆、あれがロペス商会だよ。私はあそこで働いてるの」

「……あんなに凄そうな場所で働いてるなんて、レーナは凄いな」

「予想以上だったわ……」

「さすがレーナだな！」

お兄ちゃんとお母さんは呆然《ぼうぜん》と商会を見つめ、お父さんは私の頭を強めに撫でてくれた。

「ちょっとお父さん、もう少し優しく撫でて……っ」

「ははっ、悪い悪い。それでレーナ、商会に寄ってから役所に行くんだよな？」

「うん。市民権を買うお金を持ってくるよ。ここでちょっと待っててくれる？」

さすがに金貨３枚をスラム街に持ち帰る勇気はなくて、役所に向かう前に取りに寄ろうと決めていたのだ。

「私たちは挨拶しなくていいの？」

「今は忙しい時間だし、またあとで時間を作ってもらうよ」

「分かったわ。じゃあ待ってるわね」

「ありがと。すぐ戻ってくるね」

３人を大通りの端に残してロペス商会に向かった私は、皆のことが心配で駆け足で裏口に向かった。そして休憩室にいる皆に挨拶をして、更衣室にあるロッカーを開く。

1、2、3、ちゃんと3枚あるね。金貨を3枚握り締めたら、さらにロッカーの中に畳んでおいた上着と靴を4つずつ取り出す。これは事前に買っておいた、街中でも浮かない質のものだ。さすがにスラムの服装で引っ越すのは目立ちすぎるから、事前に準備していた。

「皆、お待たせ」

「……凄い荷物ね。お金だけを取りに行ったんじゃなかったの？」

「上着と靴も持ってきたの。私たちの服装は目立つでしょ？　全部着替えなくても上着を羽織るだけで違うと思うから。あと靴も履き替えて欲しい」

私の言葉に皆は素直に頷いてくれて、それぞれの服を手にした。

大通りを路地に入った人通りが少ないところで、全員で素早く着替えをする。すると……皆の印象が大きく変わった。明らかに貧しい家族という出立《いでた》ちが、街中に住む普通の家族ぐらいにはなった。やっぱり裾が長い上着にして正解だったかな。ボロい服は隠れてるから、じっと服装を観察されない限りは、街中にいても違和感がない。あとは靴が変わると全然違うね。

「これって革の靴か？」

「そうだよ。中古の安いやつにしたから、サイズが合う靴はまたあとで買おうね。履けないと困ると思って大きめにしたの」

「なんか、街中の人になったみたいだな！」

「うんうん、お兄ちゃん似合ってるよ」

私は嬉しそうなお兄ちゃんを横目に、自分も上着を羽織った。私は制服に着替えてもよかったんだけど、1人だけ明らかに上等な服を着てるのも微妙かなと思って皆と同じにしたのだ。

「この時期に上着なんて暑いと思ったけど、意外と大丈夫ね」

「防寒というよりもオシャレ重視の薄い上着だからね。でも色が濃いやつにしたから下の服は透けないし、結構いいでしょ？」

「ええ、着心地もいいわ」

「父さんは似合ってるのか？」

不安そうに自分の体を見下ろしたお父さんに、私はすぐに頷けなくて曖昧《あいまい》な返事になった。お父さんはこういうオシャレな格好より、もうちょっとワイルドな感じの方が似合いそうだ。

「……似合ってなくはないけど、もう少し違う系統の服の方がいいかも。服を買う時に色々と見てみようよ」

「そうだな」

それから脱いだ靴を袋の中に仕舞って隠し、私たちはスラムの住人から街人に生まれ変わった。さっきまでよりも街に溶け込みながら、また役所に向かう。

しばらく歩いていると、少し先に役所の建物が見えてきた。

「皆、あれが役所だよ」

指差した方向に視線を向けた皆は、ポカンと口を開けて呆然と役所を見上げる。

「すげぇな」

「大きいよね。でも街中では土地が限られてるから、縦に大きな建物より横に大きい建物の方が凄いんだって」

「へぇ〜、そうなのか。この建物も十分凄いけどなぁ」

まだ圧倒されている様子の皆を連れて役所のドアを開けると、前に私の対応をしてくれた女性がちょうど受付にいた。私はその顔を見て、安心して少し体の力を抜く。

知ってる人でよかった。色々と疑われたりしたらどうしようって、少し緊張してたのだ。

「本日はどのようなご用件でしょうか？」

受付に4人で向かったら、にこやかな笑みを浮かべて声をかけてくれた。

「今日は市民権を買いに来ました。私が市民権を持っていて、この3人の分の購入です」

「かしこまりました。3名様で合計金貨3枚となりますが、よろしいでしょうか？」

「大丈夫です」

「ではこちらにご記入をお願いいたします。私が代筆もできますがいかがいたしますか？」

「ご迷惑でなければ、よろしくお願いします。私も書けるのですが、まだ時間がかかってしまうので」

その言葉を聞いた女性は「かしこまりました」とにっこり微笑んで、書類を自分の向きに変えた。ペンを持ってお父さんから順番に、必要事項に関する質問をして空欄を埋めていく。

女性の文字はとても綺麗で書くのが早くて、私は思わず見入ってしまった。こんなふうに書けるようになりたいな……これが理想だ。

「お答えいただきありがとうございました。では市民権の発行までしばらくお待ちください」

「はい。代筆ありがとうございました」

それから役所の中にあるソファーに腰掛けて、発行までの待ち時間を潰すことになった。皆はまずソファーの座り心地に感動して、次に興味が移ったのは掲示板に貼られた求人用紙だ。

「レーナ、これはなんて書かれてるんだ？」

「それは食堂で働く給仕の募集だって。人を雇いたいなって思った時に、少しお金を払えば役所に求人を出してもらえるんだよ」

「そうなのね……じゃあ私たちもここで仕事を探したらいいんじゃない？」

「確かにありだね。見てみようか」

端から求人内容を読み上げていくと、いくつか皆に向いてそうな仕事があった。

「この仕事なんてどう？　木材加工工房が人を集めてるんだって。初心者でもいいけど長く働いてくれる人を求めてて、手先が器用な人が有利だって書いてあるよ」

「アクセルにピッタリじゃない」

お父さんは木を切る仕事をしてたけど、木を加工するのも得意だったのだ。細かい作業ができる道具がほとんどない中で作ったカトラリーやテーブルは、割といい出来だった。

「応募してみるのもありかもね」

「そうだな。これっていつまでなんだ？」

「期日は1週後までだね。今日は忙しいし、また明日以降に来ようか」

「分かった。そうしよう」

「レーナ、俺に向いてそうなのはあるか？」

「うーん、お兄ちゃんはまだ若いし、なんでもできると思うんだよね……」

色んな工房からの募集が出てるから、この中ならどれを選んでもいいんじゃないかな。役所の受付とか高級店の店員とか、そういうのは無理だろうけど。

「木材を扱う工房はこの辺で、金属加工はこの辺。荷運びの仕事の募集とかもあるよ。この辺は食堂かな」

「色々あるんだなぁ」

「ゆっくり考えたらいいよ。そこまで急がなくても大丈夫だから」

「そうだな」

　そこまで話をしたところで受付の女性から声をかけられたので、私たちは受付に戻った。そして市民権を受け取り、皆でそれを感慨深く眺める。

　これで家族全員が、正式にこの国の平民だ……！

　いくつか説明を受けた私たちは女性に感謝を伝えて、役所をあとにした。役所の外に出たところで全員で顔を見合わせ、皆が満面の笑みを浮かべる。

「レーナ、ありがとな！」

「わっ、お父さん、突然は驚くよ！」

　お父さんにぐいっと抱き上げられて、急に目線が高くなった。

「ははは、ごめんごめん。嬉しくてな」

「私たちもここに住めるのね」

「嬉しいな！」

　皆は人目も憚《はばか》らずに一通り喜び合って、やっと落ち着いたところで、これから住む部屋に向かうことになった。

「部屋はこっちにあるのね？」

「うん。ロペス商会から結構近い場所なんだよ。大通りを入ってすぐのところだから、治安もかなりいいと思う」

役所まで歩いてきた大通りをそのまま戻って、目印のオシャレなカフェがある場所から路地に入る。そして少し先に進むと……これから私たちが住むことになる建物が見えてきた。

「あの建物だよ」

「あ、あんなに大きくて凄い建物に住めるのか⁉」

「うん。でも建物全てじゃなくて、３階にある１部屋だけね」

「それでも凄いな」

「本当ね……こんな場所に住める人生だなんて、少し前までまったく想像もしてなかったわ」

皆が感動しながら建物を見上げていると、ちょうどコームさんが建物から出てきたようで、私に気づくと頭を下げてくれた。

「コームさん、お待たせしてしまいましたか？」

「いえ、私も少し前に来たところでございます」

「それならよかったです。家族を紹介させてください。こちら父と母、それから兄です」

皆を紹介すると、コームさんは３人の顔を順番に見回してから頭を下げた。

「初めまして。コームと申します。レーナ様にお部屋をご紹介させていただきました。本日はよろしくお願いいたします」

「こ、こちらこそ、よろしくお願いします。ルビナです」

「アクセル、です」

「ラルスです」

皆は緊張の面持ちで、しかしちゃんと覚えた丁寧語を使って挨拶をした。それを聞いたコームさんは、僅かに瞳を見開いてからにっこりと微笑む。スラム街出身の家族が丁寧語を使えることに驚いたのだろう。

「ご丁寧にありがとうございます。ではさっそく管理者を紹介させていただきますので、こちらへお越しください」

コームさんによって促された私たちは、管理人のご夫婦がいる管理人室に入った。

契約時にも入った管理人室の中は、以前と全く変わっていない。優しげな笑みを浮かべているご夫婦も変わらずだ。

「いらっしゃい。あらあら、とても仲が良さそうなご家族ね」

「お久しぶりです。父と母、兄です」

ご夫婦にもコームさんに対してと同じような挨拶をすると、お2人は優しく微笑んでくれた。

そしてさっそくと棚から鍵を取り出すと、私に手渡してくれる。

「これが部屋の鍵だよ。4人家族だと聞いていたから4つ渡すけど、なくさないように気をつけて。退去の時に鍵が揃っていなかったら、鍵を交換する費用をもらうことになるからね」

「分かりました。気をつけます」

4つ用意してくれるなんて、凄く親切だよね。本当にこの部屋を選んでよかった。

「じゃあ部屋に案内しようか。部屋の掃除はちゃんと終わっているから、問題ないとは思うけど確認してくれるかい？」

「はい。確認させていただきます。問題がなければ、すぐに住み始められますか？」

「もちろんだよ」

そうして私たちは、皆で3階へ移動することになった。長い階段を上るのも初めてな皆は、興味深そうに廊下を見回していて、部屋に入る前から楽しそうだ。

お父さんが人生で初めての鍵に手間取りながら、ドアを開けると——

「おおっ！」

開いたドアから中を覗いた皆は、3人で揃えて感嘆の声を上げた。私はそんな皆の背中を押して部屋の中に促す。

「早く入ろう。廊下で騒いでたら他の住民に迷惑だから」

「そ、そうね」

「……うわぁ、すっごく綺麗じゃないか？　本当にこんなところに住むのか？」

「い、色々あるな。何がこんなにあるんだ？」

ほとんど何もないスラムのボロ小屋との落差に、皆はかなり困惑している様子だ。そんな皆のことを迷惑がらずに待ってくれている管理人ご夫婦とコームさん、本当にいい人たちだ。

「時間がかかってすみません。すぐに中を確認しますね」

「いえいえ、大丈夫ですよ」

「ありがとうございます」

それから私は困惑して感動してと忙しい皆は置いておいて、部屋の中に問題がないかをざっと確認した。そして特に問題はなさそうなので、その旨を管理人さんに伝える。

「問題なさそうです。綺麗に掃除してくださってありがとうございます」

「それならばよかったです。ではこちらの入居確認書類に署名をしていただけますか？」

「私の方でも、ご紹介完了書類への記入をお願いいたします」

管理人の男性とコームさんに書類を手渡され、私はカウンターの上で素早く署名をした。これで引っ越し手続きは全て完了だ。

「ありがとうございます。では私たちはこれで失礼いたします。何かありましたら、管理人室まで来てくださいね」

「分かりました。これからよろしくお願いいたします」

「私も失礼させていただきます。またご相談などありましたら、お声がけください」

「はい。また何かありましたら、相談させていただきます」

管理人のご夫婦とコームさんを送り出した私は、皆がいる部屋の中を振り返って、どこか落ち着かない様子の皆に声をかけた。

「これで引っ越しの手続きは全部終わったよ。今この瞬間から、この部屋が私たちの家になりました！」

笑顔で告げたその言葉に、皆もやっと実感できたのか頬を緩め、部屋の中をもう一度見回す。

「本当にこんな部屋に住めるなんて、凄いわね。レーナは凄いわ」

「レーナ、部屋の使い方を教えてくれるか？」

「もちろんいいよ。じゃあ入り口の近くから説明していくね。まずはここなんだけど——」

それから皆に部屋の使い方を一通り説明して、それが終わったところで、何もないリビングの真ん中に皆で集まった。

「じゃあ皆、これからやることなんだけど、まずは何よりも買い物かな。この部屋には何もないから、色々と買い揃えないといけないんだ。テーブルと椅子、あとはベッドに入れる布団。それから調理器具各種。水場で使う桶《おけ》やタオルも必要だね。あとは皆の服と鞄もないと不便だから買わないと」

私が指折り必要なものを挙げていくと、皆は楽しそうな笑みを浮かべた。しかしお兄ちゃんがハッと何かに気づいたような表情を浮かべ、心配そうな様子で口を開く。

「そんなに買って大丈夫なのか？　金がかなり必要じゃないか？」

「……確かにそうだったわね」

「もし足りないなら、父さんの服はこのままでもいいぞ」

「そうよね。布団だってなくても大丈夫よ」

皆が心配そうな表情で慌てだしたので、私は安心してもらえるように笑みを浮かべた。

「気にしなくて大丈夫だよ。お金はまだあるから」

市民権はダスティンさんがアイデア料としてくれたお金で買えたので、私が働いて得た給料は丸々残っているのだ。これからの生活を考えたら無駄遣いはできないけど、生活必需品を買うぐらいなら問題はない。

「よかったわ。……でも私たちも早く仕事を見つけないといけないわね」

「そうだな。いつまでもレーナに頼りきりじゃダメだ」

「俺も頑張って働くぞ！」

「落ち着いたらすぐに仕事を見つけようか。そのためにも、今日中に必要なものを揃えよう」

「確かにそうね。じゃあ行きましょう」

私たちは買ったものを入れるための籠《かご》や袋、そしてお金を持って部屋を出た。ここからは楽しい買い物の時間だ。

部屋を出て1階まで階段を駆け降りた私たちは、建物の周辺を箒《ほうき》で掃除している管理人ご夫婦に挨拶をして、さっそく市場に向かった。

「街中の市場はスラムにないものがたくさんあるのよね」

「うん。だから見てるだけで凄く楽しいよ。最後に今日の夜ご飯の材料も買って帰ろうね」

「夜ご飯、楽しみだな！　焼きポーツじゃないんだよな？」

お兄ちゃんは夜ご飯という言葉に、瞳をキラキラと輝かせている。私はそんなお兄ちゃんの表情を見て、苦笑しつつ口を開いた。

「焼きポーツじゃないものにしようか。街中の市場には色んな食材が売ってるから。もう完成してる料理も売ってるし、それを買うのもありかも」

「おおっ、屋台飯って言うんだよな！」

「お兄ちゃん、よく覚えてるね」

「ご飯に関することだけは完璧だ」

そう宣言したお兄ちゃんの表情はドヤ顔だ。やっぱり人間、好きなものに対しては凄い力を発揮するよね。

「屋台飯って高くないのか？」

「うーん、食堂とかカフェで食べるよりは安いよ。でも食材を買って家で調理するってなると……そっちの方がより安いかな。特にうちはお父さんが火魔法を使えるでしょ？　だから火種も買わなくていいし」

「確かにラルスは精霊魔法が得意だものね」

街中で魔法使いの魔法を見る機会は何度もあったけど、お父さんの魔法はそれに匹敵するとは言わないまでも、普通に街中で使っても問題ない程度の上手さなのだ。

少なくとも火種を作り出したら部屋中の魔力が枯渇するとか、そういう心配はいらない。

「レーナ、俺も火の女神様の加護を得てるんだからな」

「それは知ってるけど……お兄ちゃんは、精霊魔法かなり苦手でしょ？」

そう言われたお兄ちゃんは拗《す》ねたように少しだけ唇を尖《とが》らせたけど、ここは擁護できない。だってお兄ちゃんの精霊魔法はまずほとんど発動しないし、さらには発動したらしたで周囲の魔力が根こそぎなくなるらしいのだ。

私はお兄ちゃんが魔法を使ったところをよく覚えていないけど、皆がお兄ちゃんに魔法を使うなと言っていたのは覚えている。

「そうだけどさぁ。……父さんは上手くて羨ましいな」

「ラルスは諦めなさい。あなたは私に似たのよ。私も精霊魔法が得意じゃないもの」

「やっぱりそうだったんだ。お母さん、分解以外で全く魔法を使わないもんね」

「ええ、分解もできればやりたくなかったのよ。でもあの地域では土の女神様の加護持ちで精霊魔法が得意な人がいなくて、複数人でなんとか分解してたわ。街中では魔法使いに頼めるんでしょう？」

「うん。だからもうお母さんが魔法を使う必要はないよ」

お母さんが魔法を使ったら部屋中の魔力が一度で枯渇《こかつ》して、回復するまでしばらく魔法が使えなくなりそうだ。だから使う必要がないというよりも、使っちゃダメが正しいかも。

魔力がなくなったら回復するまでの期間、かなり大変だからね……汚物をわざわざ運び出して分解してもらわないといけなくなる。

今思い返せば、スラムで汚物を頻繁に分解できないのは魔力がなくなっちゃうからだって言ってたけど、あれって精霊魔法が苦手な人たちが分解してたからなんだね。

「あ、もしかして市場ってあそこか！」

色々と話をしながら足を進めていると、お兄ちゃんが見えてきた市場を指差して叫んだ。

「そうだよ」

「ラルス、1人で勝手に行って逸《はぐ》れないようにしなさいよ。ここはスラムじゃないんだから」

「分かってるって。早く行こうぜ」

「そうだな。まずは何を買うんだ？」

色々と買いたいものはあるんだけど……とりあえず細かいものからかな。大きなものは他の買った荷物を部屋に置きにいって、戻ってきて最後に買うのでもいいだろうし。

「服と鞄、それから水場で使う桶と布。あとは調理器具かな。その辺から探そう」

「分かった。それならあの店はどうだ？」

お父さんが市場の入り口近くにある店を示したので視線を向けると、そこではたくさんの布が店先に並べられていた。

「行ってみようか」

近づいてみると、そこは布屋というよりも服屋だった。布だと思ったのは畳まれていたシャツで、多種多様な服が所狭しと並べられている。

「いらっしゃいませ。何をお探しですか？」

私たちが近づくと、店員の女性がにっこりと笑みを浮かべながら声をかけてくれた。

「服を探しています。家族4人なんですけど、サイズってありますか？」

「もちろんです。多様なサイズを用意しています」

「じゃあ、それぞれに合うサイズの服を教えていただきたいです」

その要望に女性はすぐ頷くと、私たち家族をじっと凝視して服に視線を戻した。そして棚や平積みになっている服から、的確にいくつかの服を引っ張り出して並べてくれる。

どこにどんな服があるのかを覚えてるのかな……凄いね。この店のプロって感じだ。

「お待たせしました。こちらが皆さんに合うサイズの服です」

「ありがとうございます」

私は他よりも明らかにサイズが小さい服の中から一番上にあったものを選び、目の前に掲げてみた。するとダスティンさんが買ってくれた服や制服よりはもちろん劣るけど、シンプルながらもワンポイントがあって可愛いワンピースに心が躍る。

これからはお洒落もできるんだね。雑巾ワンピースとの別れが嬉しい。いや、お母さんが作ってくれた思い出の服ではあるんだけど、とにかく汚すぎるのだ。

「あら、可愛いわね」

「お母さんもそう思う？　私はこれと……これにしようかな。皆は決まった？」

それから私たちは気に入った服を見せ合って、予想以上に服が安かったことと、たくさん買ったら割引してくれるという話を聞き、３着ずつ購入した。

買った服を全て袋に入れてお父さんに持ってもらったら、さっそく次のお店に向かう。

そうして楽しく買い物をすること数時間。私たちは大きな家具以外の必要なものを全て揃えることができた。調理器具を購入したお店から少し離れ、これからの動きを相談するために立ち止まる。全員の腕にはここまでの数時間で買った必要なものが、たくさん抱えられていた。

「一度部屋に戻る？　あと買いたいのはテーブルと椅子、それから布団だから、今の状態じゃ買っても持てないと思うんだけど……」

「そうだな。さすがに父さんでもこれ以上は厳しい。戻ってまた来るか」

「それがいいわね」

満場一致で一度帰ることに決めた私たちは、重い荷物をなんとか抱えてアパートまで戻った。

そして最後の難関である3階までの階段を上がると、部屋の鍵を開けてすぐ中に入る。

「ふぅ、やっとこれが置けるわ」

「さすがに重かったな……」

荷物を置けるような家具はないので床に直接置くと、私たちは体を伸ばして一息ついた。

「皆、まだいける？　疲れたなら残りの買い物はまた後日でもいいけど」

「いや、俺はいけるぞ」

「俺もだ」

「母さんも頑張るわ。早く引っ越しを終わらせて、街中の生活に慣れないとだもの」

「じゃあ、また市場に戻ろうか。でもその前に買ってきた服に着替えよう」

皆で着替えをして今度こそ街人への完全変身を遂げた私たちは、さっきの市場に戻った。そして今度は家具を売っているお店に向かう。

ただ市場で家具を売っているお店といえば中古品店なので、テーブルと椅子がセットで揃っているというものはなかなかない。

「できればセット売りしてるやつがいいんだけど……」

バラバラでも機能性に問題はないけど、やっぱり見た目に統一感がないのは微妙だ。安さを追求するならそれもありなんだろうけど、家具は長く使う物だし納得できるものを買いたい。

「レーナ、この机はどうだ？」

「おお、悪くないかも。シンプルだけど頑丈そう」

「いらっしゃいませ。こちらのテーブルおすすめですよ」

私がお兄ちゃんと話をしていたら、店員の男性が笑顔で声をかけてくれた。

「あの、1つ聞いてもいいでしょうか。テーブルと椅子でセット売りしてるものは、市場にありますか？　このテーブルじゃなくても構いませんので」

「セットですね……椅子はいくつあればいいですか？」

「4つです」

4つという返答を聞いて顎《あご》に手を当てた男性は、記憶の中の在庫を探っているのかしばらく考え込んだ。そしてハッと顔を上げると、私に1枚の紙を渡してくれる。

「私の記憶が確かならという曖昧なものですが、たぶんここの市場のお店にセットで販売しているテーブルセットがあったはずです。とてもシンプルなもので、木造の家具に艶出し剤と防水剤が塗られている程度です」

男性が渡してくれたのは簡易の地図だった。それによると、その市場までは歩いて数十分らしい。自宅から遠ざかるって方向じゃないし、行ってみるのもありかな。

「皆、ここに行くのでいい？」

「私はいいわよ」

「俺もだ」

「じゃあ行ってみようか。教えてくださってありがとうございます」

店員の男性にお礼を言って自宅に一番近い市場をあとにした私たちは、初めて通る道を楽しみながら2つ目の市場に向かった。

そして市場に到着すると、目的のお店を入り口近くにすぐ見つけることができた。中を覗いてみると……たくさんの商品の中に目当てのテーブルセットを見つけた。

「すみません！　それ、試してみてもいいですか？」

見つけた嬉しさで前のめりに店員さんへと声をかけると、女性店員さんは笑顔で私たちを中に入れてくれた。

「どうぞ、試してみてください」

「ありがとうございます。……おおっ、悪くないかも」

手触りはツルツルで引っかかるところはないし、近くで見ても傷やシミなどはほとんどない。前の使用者は綺麗好きだったのかな。椅子の座り心地は……私はまだ小さいから座るのが少し大変だけど、それ以外に気になるところはない。

「皆はどう？」

私と同じように椅子に腰掛けた皆を見回すと、全員が気に入ったようだった。

「気に入っていただけてよかったです」

「これ、おいくらですか？」

「セットでご購入いただければ、銀貨４枚とお安くなっております」

銀貨４枚……高いな。家具にしては高くないのは分かってるけど、今の所持金を考えたら高い。でも家具はずっと使うものだし、気に入った質がいいものを買いたいよね……。

「皆、これを買ったらベッドの布団は安いものになるけど、それでもいい？」

私のその問いかけに、皆はすぐに頷いた。

「もちろんいいわよ。スラムで使ってたあの布よりは、いいものになるんでしょ？」

「それはもちろん！」

逆にあの布よりも質の低い布を探す方が難しい。あれ以下となったら……もう布じゃなくて葉っぱとか？

「それなら問題ないな。じゃあこれにしよう」

「こちら購入しますか？」

「はい。買います」

そうして購入を決めた私たちは、テーブルセットを少しだけこのお店に置かせておいてもらって、その間に別のお店で布団と夕食を購入した。そしてお父さんが大活躍して購入品を全て部屋に運び込んだら、さっそく新しいテーブルを使って夕食だ。

「早く食べようぜ！」

お兄ちゃんが屋台で買ってきた料理を広げて、満面の笑みを浮かべている。

「そうね。お腹が空いたわ」

「全部中身は同じなんだよな？」

「うん。最初だから私のおすすめだよ」

今回買ってきた料理は、ラスート包みだ。中身はハルーツの胸肉とキャレーの千切り、それから火を通したオニー、さらにミリテが少し入っている。

「周りの紙は食べられないから、剥きながら食べてね」

「おうっ。――う、美味っっ！」

お兄ちゃんはガブっとラスート包みにかぶりつくと、瞳をぐわっと見開いてそう叫んだ。

「お兄ちゃん、他の部屋に住んでる人にうるさいから静かに」

「あっ、そうだったな。これ、めちゃくちゃ美味いぞ」

「本当ね……なんだかよく分からないけど、とにかく美味しいことは分かるわ」

「色んな味がするが、とりあえず美味いな」

人生で初めての味に困惑もあるみたいだけど、皆の顔は晴れやかだ。

「美味しいものを食べてる時って幸せだよね」

「ふふっ、本当ね」

「これからの生活が楽しみだな」

「こんなに美味いものを食べられる生活とか、最高すぎるぜ」

それからも私たちは美味しいラスート包みを堪能し、幸せな気分で街中での初めての夜は更《ふ》けていった。

4章　新生活と街中への招待

街中への引っ越しを終えた次の日。私はもちろん仕事があるので、皆を置いて家を出た。皆だけで出掛けたりするのは、まだちょっと心配なんだけど……今まで街中の常識や気をつけるべきことを色々と話してきたので、大丈夫だろうと信じている。

「おはようございます」

裏口からお店に入ると、いつもより時間が早いのでほとんどの商会員がまだ休憩室にいた。

「レーナちゃん、今日は早いのね。それに服が変わったかしら。可愛いわ」

「ギャスパー様に引っ越しが完了したことを報告しようと思いまして、早めに来ました。服は街中に住めるようになったので、これからは綺麗な服を着て出勤できます」

「そういえば、昨日が引っ越しって言ってたわね。問題なく済んだの？」

「はい。必要なものは全て買えて、なんとかやっていけそうです」

私のその言葉に、休憩室にいた皆がよかったなと優しい言葉をかけてくれる。本当にロペス商会で働いてる人たちって人柄がいいよね……さすがギャスパー様、人を見る目がある。

「何か問題があったら言うんだぞ」

「僕も力になるよ」

ジャックさんとポールさんが、そう声をかけてくれた。

「ありがとうございます。……そうだジャックさん、1つ聞きたいことがあったんだけど、ジャックさんの兄弟に魔法使いとして働いてる人がいるって言ってたよね？」

ふと思い出した質問を投げかけると、ジャックさんは脈絡がない質問に首を傾げながらも、頷いてくれた。

「ああ、5つ上の兄だな」

「そのお兄さんって、どのぐらい魔法が上手いの？　それから魔法使いって簡単になれるのかな。お父さんは精霊魔法が得意だから、魔法使いも仕事の選択肢の1つかなと思ってて」

まだお父さんにこの話はしてないけど、ずっと考えてたのだ。お父さんとお母さんは歳的に仕事を見つけるのが大変だろうから、魔法使いって選択肢が増えるだけでもいいことだよね。

「そうなのか。魔法使いは資格があるんだ。資格がなくても魔法使いとして商売をすることは禁止されてないが、資格が品質保証になってるから、ないと稼げない」

「資格なんてあったんだ……それってすぐ手に入れられるもの？」

「確か役所で申請して、試験に合格すれば証がもらえるんだ。どういう試験だったかな……」

顎に手を当てて考え込んだジャックさんに、ポールさんが助け舟を出す。

「小さな部屋で魔法を実際に使ってみせて、その発動速度や呪文の上手さ、魔力の減少度合いで合格か不合格か決まるんだよ」

「そうだ、そんな試験だったな」

魔法の上手さだけで決まるってことだね。筆記試験とかがないのはありがたいけど、お父さんには難しそうかな……呪文の知識はスラムで言い伝えられてたものだけだし、魔法が上手いとは言ってもスラム基準だ。街中でどこまで通用するのかは分からない。

「小銀貨5枚で受験できたはずよ。一度受けてみるのもいいんじゃないかしら」

私が眉間に皺を寄せて考え込んでいたら、ニナさんがそう声をかけてくれた。

小銀貨5枚か……今の私たちにとっては大きなお金だ。受かるならいいけど、落ちる可能性が高い試験に払うのは躊躇ってしまう。これは皆に相談かな。

「分かりました。教えてくださってありがとうございます」

そうして話が終わりかけたところで、ジャックさんが思いつきを語るように口を開いた。

「レーナ、別に魔法使いにこだわらなくても、火種や水を売るのもありじゃないか？　あっ、お父さんはどの女神様から加護を得てるんだ？」

「火の女神様からだけど……」

火種や水を売るのと魔法使いって、違いがあるの？

「それなら火種を売るのはありだと思うぞ。火種や水なら現物を買うから誰も店主の資格なんて気にしないし、資格を持ってない人が店をやってることがほとんどなんだ」

「え、そうなんだ」

まさかそんな違いがあるなんて。確かにそこに売ってる火種を買うのに、店主の資格なんて関係ないよね。目の前の火種がちゃんと使えそうなら問題ないのだから。

「教えてくれてありがとう。お父さんに話してみるよ」

「おう、早く仕事が決まるといいな」

それから私は更衣室で制服に着替えて、ギャスパー様がいる商会長室に向かった。商会長室の入り口ドアをノックすると、中から入室を許可する声が聞こえてくる。

「失礼いたします」

「レーナ、おはよう。昨日の引っ越しは問題なかったかな」

「はい。お陰様でとてもいい部屋に引っ越すことができました。コームさんを紹介してくださり、ありがとうございました」

ギャスパー様が腰掛けている執務机の前で礼をすると、ギャスパー様は笑顔で答えてくれた。

「役に立てたならよかったよ。従業員の生活の質は大切だからね」

こういう言葉をすぐに言えるギャスパー様だからこそ、ロペス商会の雰囲気はいいんだろうね……。しみじみとそんなことを考えてしまう。

「それで、今日はどうしたのかな？」

そう聞かれたところで、私は改まって答えた。

「本日は、引っ越しができた報告をと思って参りました。それから相談があるのですが、私の勤務時間を延ばしていただけないでしょうか？　街中に引っ越しましたので、皆さんと同じ時間で働けます」

その言葉にギャスパー様は一つ頷くと、机の引き出しから1枚の紙を取り出す。

「実はレーナがそう言うんじゃないかと思って、契約書を作っておいたんだ。4の刻6時から9の刻までの勤務でどうかな？　途中で半刻のお昼休憩は今まで通りだね」

事前に作っておいてくれたなんて……ギャスパー様が優秀で素敵な上司すぎる。

「ありがとうございます。その時間で大丈夫です。お給料はどうなるでしょうか？」

「1週で銀貨8枚だね。どうかな？」

「それでお願いします」

銀貨8枚に増えたら生活が楽になるかな。働く時間が増えるのは少し大変だろうけど、そのぶん通勤時間がかなり短くなるから、疲労度は変わらないだろう。

「分かった。では明日からは新しい時間でお願いね」

「かしこまりました。これからもよろしくお願いいたします」

「こちらこそ」

契約書に署名をしてギャスパー様が確認してくれて、正式に勤務時間と給料が変更になった。

私はその事実に頬を緩めながら、もう一つの相談をするために口を開く。

「ギャスパー様、もう一つお話があるのですが……家族がギャスパー様に挨拶をしたいと言っています。こちらに連れてきてもご迷惑ではないでしょうか？」

「私にかい？　別に構わないよ。私がここにいない時間さえ避けてもらえればいつでも」

「ありがとうございます。では……次の私の休みはどうでしょうか？」

ギャスパー様は予定表を開いて9日後を確認し、その日は1日中商会にいるから何時でも大丈夫だと頷いてくれた。

「では次の休みに家族を連れてきます」

「待っているよ。……そうだレーナ、もう家のことは大丈夫なのかい？　もしまだ落ち着いていないなら、今日は午後を休みにしてもいいけれど」

ギャスパー様……本当にいい上司すぎない？　私は今度ギャスパー様に何か手土産でも買おうと決意しながら、「ありがとうございます」と頭を下げた。

「皆の仕事を早急に決めたいため、時間をいただけるのはとても助かります。お言葉に甘えて午後休を取らせていただいてもよろしいでしょうか？」

「分かった。そう記録しておくよ」

そうしてお休みをもらった私は商会長室をあとにして、午後は休むからと午前の仕事にいつも以上に精を出した。そして割り振られた仕事はしっかりと終えて、商会をあとにする。

この時間に帰るのは初めてで、ちょっと不思議な感じだと考えながら自宅に帰ると、部屋の中には家族皆が揃っていた。しかし全員が疲れたような表情で、テーブルに突っ伏している。

「皆、大丈夫？」

恐る恐る声をかけると、皆はやっと私が帰ってきたことに気づいたのか顔を上げた。そして救世主が現れたとでも言うように、瞳を潤ませて私を見つめる。

「えっと……何かあったの？」

「レーナ、父さんたちに街中はまだ早いみたいだ」

「レーナが仕事に行って、私たちも仕事を探そうって家を出たのよ。それで昨日行った役所に向かったら道に迷っちゃって……さっきやっと帰ってきたところなの」

「街中は道がたくさんあって高い建物ばっかりで、自分の居場所が分からなくなるな」

確かにスラムとは全然違うから、道にも迷うか。私は最初から割と迷わずに動き回れたからそれが普通かと思ってたけど、よく考えたら地図を見せてもらったんだった。

皆にも地図を見せるのがいいのかな……でも地図の読み方を教えるところから始めないとだし、それならよく行く場所への行き方をとりあえず覚えてもらって、あとは自分で少しずつその道の周りから知ってるエリアを広げてもらう方がいいのかも。

「皆ごめん。とりあえず今日は私が一緒に動くよ。仕事は午後休をもらってきたから」

「そういえば、今日は帰ってくるのが早いわね」

「うん。ギャスパー様が皆の仕事探しに時間を使っていいよって。そうだ、皆が挨拶に行くのは9日後の私が休みの日になったよ」

「じゃあ、それまでにもっと頑張って敬語を覚えないとだな」

お父さんが疲れた声音で呟いたのを聞いて、私は皆に負担が大きいかなと少し心配になる。

「敬語は今まで頑張ってたから、このまま継続するぐらいでいいよ。ギャスパー様も皆がスラムから引っ越したばかりのことは知ってるし」

全部を完璧には無理だから、妥協する部分を選ぶのが大切だ。とりあえず一番妥協できないのは仕事選びだから、皆にはそこを頑張ってもらいたい。

「それはありがたいな」

「うん。無理しすぎないようにね。それで今日は役所に辿り着けたの？」

「着けてないわ」

「そっか。……とりあえず、お昼ご飯を食べてから皆の仕事のことは考えよう。実は帰り道に食材をいくつか買ってきたの。野菜とお肉とラスタ、それからハルーツの卵の卵液をカップ１杯。それにいくつかの調味料ね」

この世界の卵は両手で抱えるほどの大きさだから、もちろん丸々１つでも買えるけど、割って溶いて卵液としても売っているのだ。

丸々１つを買うよりは割高だけど、卵１個分で卵焼きが何十人前もできるので、それを保存するために魔法使いに冷却魔法を頼むなら、卵液を買った方が安かったりする。

「見たことがないものがたくさんあるわね」

「そうでしょ？　だから私が作るところを後ろから見ててくれる？」

「分かったわ」

私は皆の楽しそうな瞳を見て、気合を入れてキッチンに向かった。今日作ろうと思っているのは親子丼もどきだ。この世界には意外と日本の味に近い調味料があったりするから、美味しいものができると思う。

調理を始める前にお父さんに火魔法を使ってもらって火をおこして、それから調理開始だ。

「使う野菜はオニーとキャロ。オニーは初めて見るかもしれないけど、生だとかなり辛くて火を通すと甘くなる野菜なの。これを一口大に適当に切って……お肉も同じぐらいの大きさに切るよ。このお肉はハルーツの胸肉ね。街中で食べられてるお肉は基本的にハルーツで、部位ごとに味が違うの」

軽く説明しながら調理を進めていく。この世界ではずっと料理をしてきたし。瀬名風花の時も一人暮らしで簡単な料理はこなしてたから、手際よく親子丼作りは進む。

「次はフライパンに水を入れて……このぐらいかな。ここにリンドっていう香辛料と、ソイ、シュガを適当に加えるの。それでこの水が煮立つまで待たないといけないから、その間にラスタの準備ね」

私は袋に入ったラスタをボウルに取り出して軽く洗い、綺麗になったら鍋に移し替えた。昨日夕食と一緒に水を買ったけど、もうなくなりそうだね……水は毎晩買ってくるとか、購入周期を決めた方がいいかも。

「ラスタは挽《ひ》くとラスートになるものだよ。挽いてラスートにしなくても美味しく食べられるの。さっきみたいに洗って鍋に入れて、ラスタが完全に水に沈むよりも少し多めに水を入れたら、あとは蓋《ふた》をして火にかけるだけだよ」

ラスタを火にかけたところでフライパンの方が煮立ったので、そちらに肉と野菜を入れてしばらく煮込む。そして火が通ったところで溶き卵を回し入れて、卵が半熟になったところでフライパンを火から下げた。

「これで完成だよ。あとはこれをラスタに載せて食べるんだけど……ラスタはもう少しかな。お母さん、お皿を準備してくれる？　お父さんはスプーン、お兄ちゃんは飲み水ね」

「分かったわ」

それから皆に手伝ってもらって、親子丼もどきは無事に完成した。想像していた以上の出来栄えで、自分でも驚きだ。

「凄く美味しそうだわ……レーナがこんなに複雑な料理を作れたなんて、いつ覚えたの？」

「ダスティンさんの工房で、一緒にお昼を作ったりしたんだ。でもこれは私のオリジナルレシピなの。美味しいか分からないけど、食べてみて」

皆がスプーンを手にしたのを見て、私も恐る恐る親子丼もどきを口に運ぶと……口に入れた瞬間、その美味しさに感動した。

「なにこれ、凄く美味しい……」

思わず自分でそう呟くと、皆も同意するように大きく頷いてくれる。とろとろの卵にしっかりと味のついたタレ、柔らかく煮込まれた肉も絶品だ。

「レーナ、マジで天才じゃないか!?　美味すぎる！」

「本当ね。こんなに美味しいなんて、驚いたわ。やっぱり調味料と食材の豊富さは違うわね」

「さすがは俺の娘だ！」

お母さんは今まで料理をしてきた人目線で冷静だけど、お兄ちゃんは美味しさに、お父さんは自分の娘への誇らしさにテンションが急上昇している。

「ありがとう。美味しくできてよかったよ」

これからは食材も豊富に手に入るし、日本にあった料理をたくさん再現してみようかな。

大満足の昼食を終えた私たちは、食器などを片付けてからまたテーブルに集まった。ここからは仕事を考える時間だ。

「皆の仕事の話なんだけど、私から一つ提案があるの。お父さんは精霊魔法が得意でしょ？」

「そうだな。スラムの皆よりは得意だった。……もしかして、精霊魔法が仕事になるのか？」

「うん。商会の人たちに聞いたら魔法使いは正式な資格が必要だから難しいけど、火種を売る人なら資格なしでもできるんだって。どうする？」

一応疑問形で問いかけたけど、お父さんの表情を見ていたら答えは聞かなくても分かった。

「俺にできるならやりたいな！」

「分かった。じゃあお父さんは、火種を売る屋台を始める方向で仕事を考えようか」

お父さんの表情は明るくて瞳はキラキラと輝いている。嬉しそうでよかった。

「屋台なんて簡単に始められるの？」

「うん。屋台を開く許可証は役所で簡単にもらえるんだって。月ごとにお金はかかるけど、そこまで高くないよ。お店自体はお金が貯まったらしっかりとしたものを作ればいいから、最初は地面に布を敷くぐらいでいいと思う」

市場を回っていると、しっかりとした建物がない屋台は意外とあるのだ。あれだと雨の日に商売ができないっていう欠点はあるけど、そこはお金が貯まるまでは仕方がない。

雨の日はかなり強く降ることが多くて、そもそも出かける人も少ないだろうし。

「確かにできそうね」

「決まりだな。父さんはこれから火種を売りまくるぞ！」

「お父さん、頑張って。火種の相場や売り方は聞いてきたから、あとで必要なものを揃えよう。じゃあお父さんはそれでいいとして、お母さんとお兄ちゃんはどうする？」

私のその問いかけに、まず口を開いたのはお母さんだ。

「これは難しいかもしれないけど、私も屋台をできないかしら。スラムでも市場のお店をやってる人たちに憧れてたのよね。アクセルがやるなら、その隣で食べ物を売るとか……」

火種の屋台の隣で食べ物の屋台か……確かに、そういう屋台って意外とあるかも。火種売りは火に困らないから、火を使う料理を隣でやってたりするのだ。

それが実現したら、お父さんとお母さんが一緒に働けるのはかなりのメリットだよね。やっぱり慣れない街中での生活だから、助け合える環境はお互いに心強いだろう。

「いい案だと思うけど、何を売るのかが大切かな。ありがちなものだと人気店になるのは難しいから、何か珍しいけど美味しいものを……」

私はそこで、最適な料理を思い出した。ポールさんが作ってた焼きポーツの肉巻き！

あれなら中身の焼きポーツは今までお母さんがずっと作ってきたものだし、タレの作り方さえ教えてもらえれば、すぐにでも作れるだろう。

そのことをお母さんに伝えると、お母さんは申し訳なさそうにしながらも乗り気な様子だ。

「そのポールさんが許してくれるなら、売ってみたいわ」

「分かった。じゃあポールさんに聞いてみるね。お母さんの仕事はその結果で決めよう」

「そうね。レーナ、ありがとう」

これであとはお兄ちゃんだけだ。私は2人が屋台を始めるという話を嬉しそうに聞いていたお兄ちゃんに視線を向けた。

「次は俺だな」

「うん。何かやりたいことはある？」

「ああ、俺は食堂で働きたい！」

おおっ、食堂か。確かにお兄ちゃんは食べることが大好きだもんね。

「料理を運ぶ人と作る人、どっちがいい？」

「できれば作る方がいいな。美味しいものがいっぱいあることが分かったから、自分で作れるようになりたいんだ」

「それいいね。じゃあ食堂の厨房《ちゅうぼう》の求人を探そうか。確か役所にいくつかあった気がする」

その言葉に、お兄ちゃんは一気に表情を明るくした。できれば賄《まかな》いが出るところがいいかな。

「雇ってもらえるように頑張るぜ！」

「ラルスなら大丈夫よ。頑張り屋だもの」

「そうだな。優しいし誰とでも仲良くなれるもんな」

「へへっ、ありがと」

「じゃあ、これから役所に行こうか。お兄ちゃんの求人探しと、屋台の許可証をもらいに」

その言葉に皆が頷いて椅子から立ち上がり、役所に向かって家をあとにした。


役所のドアを開けて中に入ると、昨日と同じ女性が受付にいる。

「こんにちは」

「昨日もいらっしゃいましたよね。何か不足がありましたでしょうか？」

「いえ、市民権には問題ないです。今日は屋台許可証が欲しいのと、求人を見にきました」

「そうでしたか。かしこまりました。屋台許可証はこちらの申請書を提出していただき、月に銀貨1枚をお支払いいただければ発行できます。求人はあちらに貼ってありますので、応募されたいものがありましたら、求人番号を私にお伝えください」

「分かりました。丁寧にありがとうございます」

それから申請書を女性に代筆してもらい、お金を払って屋台許可証を手に入れてから、皆で求人が貼られた掲示板に向かった。

「食堂の厨房で働ける仕事は……これとこれ、それからこれかな。ただ1つ目と2つ目は料理人の募集だから、野菜や肉の種類をほとんど知らないお兄ちゃんが採用されるのは難しいかも。3つ目は下働きだから、これの方が可能性はあるかな。厨房の掃除、皿洗い、野菜や肉の下拵《したごしら》えが主な仕事で、能力に応じて料理人への昇格もあるかもって。しかもお昼ご飯付き」

お兄ちゃんは3つ目かな……下働きとして働きながら、食材の種類や使い方を覚えていけるはずだ。さらに賄いつきってところが最高だよね。

「昼飯つき!!」

「ふふっ、絶対そこに反応すると思った。3つ目の食堂に応募してみる?」

「そうしたい。求人番号は……25で合ってるか?」

「うん、正解。じゃあ受付に戻ろうか」

受付の女性にお兄ちゃんが求人へ応募したい旨を伝えると、食堂の場所までの簡易な地図を渡してもらえて、さっそく明日の4の刻6時に食堂へ向かうことになった。その時間なら食堂がまだ忙しくないので、面接はその時間指定なんだそうだ。

「レーナ……面接の練習付き合ってくれ！」

受付から少し離れたところで、お兄ちゃんが必死な表情でそう言った。

「もちろんいいよ。今日は帰ったら特訓だね。食材も最低限は覚えておいた方がいいかな」

「そうだな。さっきレーナが料理に使ってたやつは覚えたから、それ以外を教えてくれ」

「了解」

さっきの一度で覚えたなんて、本当にお兄ちゃんの食べることに関する記憶力は凄い。これなら採用さえしてもらえれば、職場で認められるかな。

それから私たちは市場を通って、お兄ちゃんに食材について教えながら自宅に戻った。そして家族4人でお兄ちゃんの面接練習に精を出し、その日も慌ただしく時間が過ぎていった。

次の日のお昼休み。私はポールさんとジャックさんと休憩時間が被っていたので、2人と一緒に食事をしながら、焼きポーツの肉巻きについて相談することにした。

「ポールさん、少しお話があるのですが」

そう切り出すと、ポールさんは不思議そうな表情を浮かべながらも、すぐに私へと視線を向けて聞く態勢をとってくれる。

「もちろんいいよ。何かな？」

「焼きポーツの肉巻きのことなのですが、これをお母さんが屋台で売るメニューにしたいんです。ただ焼きポーツをアレンジしたのはポールさんですから、許可を取らなければとお話を」

そう伝えると、ポールさんが返答する前にジャックさんが口を開いた。

「レーナの母親は屋台をやるのか？」

「うん。昨日ジャックさんが、火種を売るなら資格はいらないって教えてくれたでしょ？　それでお父さんは火種を売る屋台を始めることになったんだけど、お母さんがその屋台で食べ物を売る仕事をしたいって話になったの」

その説明にジャックさんが納得する様子で頷くと、ポールさんも美味しそうにラスート包みを頬張りながら頷いてくれた。

「そうなんだ。僕としては全く問題ないよ。そもそも焼きポーツはレーナちゃんから教えてもらったし、味付けはよくあるものだからね」

「本当ですか！　ありがとうございます」

「僕も気軽に買えたら嬉しいから頑張って。一応僕が作ってるレシピはあとで教えるよ」

「助かります。お母さんにも伝えておきますね」

これでお母さんの屋台に関しても準備が進められる。問題なく全員が仕事を始められそうでよかったな……あとはお兄ちゃんが採用されるかと、2人の屋台が上手くいって稼げるかだ。

「焼きポーツの肉巻きなら、俺も屋台に買いに行くぞ。頑張れよ」

ジャックさんからも応援され、私は屋台を始めることを楽しみに思いながら、美味しいお昼ご飯を堪能した。そして午後の仕事にも精を出した。

◆◇◆◇◆

今日は10日に一度の休日で、ギャスパー様に家族皆で挨拶に向かう日だ。朝から家の中で慌ただしく身嗜みを整えて、緊張している様子の皆と商会に向かった。

「レ、レーナ、父さんの格好は変じゃないか？」

「うん、大丈夫だよ。お母さんもお兄ちゃんも。そんなに緊張しなくていいよ」

私の言葉にぎこちなく頷いた皆は、何度も深呼吸して緊張を落ち着かせている。

「お、覚えた挨拶を全て忘れそうだわ」

「もし忘れても私がカバーするから。それに昨日は完璧だったし、お母さんならできるよ」

終始そんな調子で路地を進んだ私たちは、しばらく歩いて商会の裏口に到着した。軽くノックをしてドアを開くと、中には商会員が1人だけいる。

「おはようございます」

「あれ、今日は休みじゃなかったっけ？」

「家族とギャスパー様に挨拶に来ました。約束はしていますが、急なお客さんは来てませんか？」

「そうだったんだ。ギャスパー様が対応しなければならないような事態は、起きてないよ」

「それならよかったです」

軽く挨拶をして家族皆を中に案内すると、皆は休憩室にあるもの全てが珍しいようで、キョロキョロと部屋の中を見回した。

「色んなものがあるのね」

「ここは休憩室だから、商会員の私物も置かれてたりするんだよ。商会長室は廊下を出て2階だから、さっそく行こうか。店舗に声が響かないように静かにね」

そうして皆で商会長室に向かって、私が代表してドアをノックし声をかけた。

「ギャスパー様、レーナです。家族を連れてきました」

「入っていいよ」

「ありがとうございます」

中に入るとギャスパー様がソファーに腰掛けていて、ちょうど家族4人が座れるように椅子が増やされていた。事前に準備してくれてたなんて、本当に細かい配慮が優しいな。

「は、初めまして、レーナの父の、アクセルです」

「母の、ルビナです」

「あ、兄の、ラルスです」

皆のぎこちない挨拶を聞いたギャスパー様は、にっこりと優しげな笑みを浮かべてソファーを勧めてくれた。私たちが席に着くと、そのすぐあとにニナさんがハク茶を持ってきてくれる。

「こちら、ぜひお飲みください」

「あ、ありがとう、ございます」

皆は人生初のおしゃれなカップに入ったお茶だ。どうやって飲むのが正解なのか分からず戸惑っているようだったので、私が先に手を伸ばして手本を見せた。

ミルクを少し入れてシュガはスプーンの半分程度。それをよくかき混ぜて口に運ぶ。

――うん、美味しい。最近は少しだけ甘さを足したこの飲み方に、結構ハマっている。

全員がお茶を一口飲んだら、さっそく本題だ。私がお父さんに合図をすると、お父さんは強敵と戦う前のような表情で背筋を伸ばした。

「レーナを雇ってくださり、本当にありがとうございました。おかげで私たちも街中に住むことができるようになりました」

「レーナは毎日とても楽しそうで、ギャスパー様のおかげです。感謝しています」

「ギャスパー様、ありがとうございます」

３人は昨日から練習していた言葉を言い終えると、ホッとしたように体の力を抜いた。それを見てギャスパー様はゆっくりと口を開く。

「こちらこそレーナには本当に助かっています。レーナが来てくれて、この商会にはとてもいい影響がありました。もし街中での生活で何か困り事などがありましたら、私にできることでしたら助力いたしますので仰ってください」

ギャスパー様って本当にいい人だ……これからもっとロペス商会のために頑張ろう。

「ありがとうございます。その時は頼らせていただきます」

それから少しギャスパー様と話をして、私たちは商会をあとにした。

皆は裏口から外に出ると、大きく息を吐き出す。

「やっぱり疲れた？」

「ええ、かなりね。でも凄くいい人だったわね」

「あの人の下で働いてるなら安心だな」

「レーナはいいところで雇ってもらえたんだな」

「そうなんだよ。本当に幸運だったんだ」

私の言葉に皆が頷いて、家がある方向に向かってとりあえず足を進めたけど、これからの予定は何も決まっていない。今はお昼より早い時間で、午後は暇だよね……。

「そういえば、お兄ちゃんの成人のお祝いってやってなくない？」

私がふと思いついたことを口にすると、お母さんとお父さんが驚きを露わにし、そのうち顔色を悪くしていった。スラムでは誕生日を正式に認識しないけど、誕生月で祝うのだ。お兄ちゃんは今年の土の月で成人の15歳だけど、今はすでに土の月になって数週が経っている。

「わ、忘れてたわ！　引っ越しでバタバタとしてて……」

「ラ、ラルス、ごめんな」

「そういえば、俺って成人したのか。俺も忘れてたな」

お兄ちゃんが発した気の抜けたような言葉に、お父さんとお母さんはガクッと体を傾かせた。

「それならいいけど……ちゃんとお祝いをしましょう」

「そうだな。市場でラルスの好きなものを買って帰るか」

「え、いいのか⁉」

「もちろんよ。お母さんとお父さんで少しだけお金を稼げているから、そのお金を使いましょうか。ラルスのお祝いもレーナに頼るなんて、親として情けないもの」

「そうだな。ラルス、なんでも好きなものを買っていいぞ」

お母さんとお父さんのその言葉に、お兄ちゃんは心からの笑みを浮かべた。

「母さん、父さん、ありがとな。レーナもいつもありがとう。よしっ、今日は食べるぞ！」

「そうだね。せっかくのお祝いだから、いつもはあんまり食べないものがいいんじゃない？」

「確かにそうだな……そういえば、気になってた屋台飯があるんだ」

「おおっ、いいね。じゃあまずはそこに行こうか」

それから私たちは皆で楽しく市場に向かい、いつもは高くて手を出せない食材や屋台飯、さらには少しの果物を買って家に帰った。

そして賑《にぎ》やかで楽しいお祝いをして、夜が更けていった。

◆◇◆◇◆

お兄ちゃんの成人のお祝いをした土の月は忙しくも穏やかに過ぎ去り、月が変わって水の月になった。お父さんとお母さんの屋台は大盛況とはいかないけど、普通に暮らしていけるほどには利益をあげられていて、うちは私の助けがなくても回るようになった。

お兄ちゃんは正式に食堂に雇われて、最近はかなり食材の扱いもこなれてきたみたいだ。スープの作り方を一つだけ教えてもらうことができたらしく、毎朝作ってくれるので最近の朝ご飯は豪華になった。

私は今まで通りロペス商会で毎日働いて、休みの日はダスティンさんのところを訪れ、たまに日本食を再現してみたりと、楽しく過ごしている。

ダスティンさんの魔道具開発も順調……だと思う。とりあえず染色の魔道具は、商品にできるレベルにはなったらしい。洗浄の魔道具はまだ要改良だけど、もう爆発することはない。

「レーナ、早く迎えに行くぞ！」

「ちょっと待ってー」

今日は私とお兄ちゃんの休みが重なる日で、とても楽しみで重要な予定がある。お兄ちゃんは朝早くから色々と準備をして、家の中にはいい香りが漂っていた。

「皆を待たせたら可哀想《かわいそう》だろ？」

「分かってるって。お兄ちゃん、今日の服にはどっちの髪飾りが合うと思う？」

「うーん、右の方がいいんじゃないか？」

「分かった。じゃあ、これだけ着けたら行けるよ」

私のその言葉を聞いたお兄ちゃんは、椅子の上に置いていた鞄を肩にかける。

「ちゃんと市民権のカードは持った？」

「もちろんだ。皆が街に入る分のお金も、皆に渡す上着も持ってる」

「じゃあ忘れ物はないね。よしっ、行こうか」

「おうっ」

私とお兄ちゃんは意気揚々と家を出た。向かう場所は街の外門だ。そう、今日はスラム街の皆を街中に招待しているのだ。

今日来るのはエミリーとハイノ、フィルの３人。ロペス商会のスラム街支店を通してやり取りをして、皆には朝ご飯を食べたらゆっくり外門に来て欲しいと伝えてある。

「なんだかんだ、ひと月は会えてないから楽しみだよね」

「めちゃくちゃ楽しみだ！　ハイノはそろそろ結婚相手が決まってもいい頃だろ？　もしめでたい話があるなら祝いをあげないとな」

「そうだね」

「エミリーとフィルはまだだな。２人はデカくなってるかなぁ」

「ふふっ、ひと月じゃそこまで大きくならないでしょ」

楽しく話をしながら歩いているとすぐに外門に着き、私たちは久しぶりに街の外に出た。

「あっ、レーナ……？」

「エミリー!!　久しぶり～！」

外門の近くで居心地が悪そうに3人で固まっていたエミリーたちを見つけ、私は嬉しくて駆け寄った。そのままエミリーに抱きついてから顔を覗き込むと、エミリーはへにゃっと安心したような笑みを浮かべてくれる。

「よかった、レーナだ。変わってないね。凄く綺麗な格好だったから、最初は違う人だったらどうしようって思ったの」

「ふふっ、今日の服はエミリーたちに会うからって一番可愛いやつにしたの。家に私の他の服もあるから、エミリーもオシャレしようね！」

「いいの!?」

「もちろん！」

私とエミリーが楽しく盛り上がっていると、お兄ちゃんもハイノとフィルと再会を喜び合ったようで、3人で一緒に私とエミリーに声をかけてきた。

「レーナ、久しぶりだな」

「……か、可愛くなったな」

「ハイノ、フィル、久しぶり！　……って、フィル大きくなってない!?」

「へへっ、成長期だからな」

前はフィルと同じぐらいの身長だったのに、私の方が確実に目線が低くなっている。

うぅ……悔しい。私も早く大きくなりたい。

「レーナも少しは大きくなったぞ」

フィルの頭上を恨めしい気持ちで見つめていたら、ハイノがポンッと私の頭に手を置いて笑いかけてくれた。私はハイノの気遣いが嬉しくて、感動しながらハイノを見上げる。

「ハイノ、ありがとう」

「ははっ、レーナは変わらないな。格好は綺麗になったのに」

「格好なんて皆も服を着替えればすぐに整うからね。あ、そうだ。街の中でスラムの服は目立つから、皆の上着を持ってきたの。これを着てくれる？」

上着を手渡すと、皆は恐る恐る受け取って体の前に広げた。

「こんなに綺麗な服を着てもいいの……？」

「もちろん。これは家に着くまでのやつだから、家に着いたらもっと可愛いのを着られるよ」

私のその言葉に胸がいっぱいになったのか、エミリーは瞳を潤ませて服を見つめてから、そっと上着に袖を通す。

「こんなに綺麗な布、初めて触ったよ」

「布ってかなり触り心地が違うよね。ハイノとフィルも着られた？」

「これでいいのか？」

「うん、完璧完璧。フィルは前のボタンを留めてね」

皆が上着を着てとりあえず見た目が誤魔化せるようになったら、さっそく街中に招待だ。私は門番さんに3人分の入街税を支払って、緊張している様子の皆の背中を押した。

街中に入ると……皆は目の前に広がった光景に、感嘆の声をあげた。瞳は輝いていて、全身から興奮が伝わってくる。

「街中って、こんなに凄いんだね……！」

「な、なんかよく分からないけど、デカい建物がたくさんあるな」

「それに……皆が綺麗な服を着てるぞ」

「最初は驚くよな。俺もめちゃくちゃ驚いた」

お兄ちゃんのその言葉に皆は何度も頷いて、しかし視線は街の風景から逸らさない。それから皆が満足するまでしばらく待っていると、まず大きく息を吐き出したのはハイノだった。

「はぁ……本当に凄いんだな。こんなに近いのにこんなに違うとか、びっくりだ」

「本当だね。遠くの別の国って言われても納得できるかも」

「俺さ、街中ってスラムの家が新品で新しくなるぐらいだと思ってたんだ。それなのに……スラムの家なんて全くないな」

「驚くよね。でもこれからもっと驚くことはたくさんあるよ？」

皆の顔を覗き込んでそう告げると、皆は期待と不安が入り混じったような表情を浮かべた。

「とりあえず、家に行こうぜ。家でなら落ち着いて話せるしな」

それから皆を連れて自宅に戻ると、皆は家の中の様子に衝撃を受けていた。

「街中の家って、こんなに広くて綺麗なのか……」

「うん。ここは家族4人で住むには狭い方らしいよ。あっ、椅子に座ってね」

椅子に座った皆に出すのはハク茶だ。もちろんミルクとシュガも準備してある。ちなみに椅子は4つしかないので、私は1つだけ買ったクッション付きの小さなスツールだ。

「なんだか不思議な香りだね。色がついた水？」

「これはハク茶って言うんだ。えっと……水に味をつけた飲み物かな。この白い液体がミルクって言って、こっちの粉がシュガ。この2つを好みで入れて飲んでみて。まずはミルクを少し入れるのがおすすめかな」

分かりやすいように私が手本で飲んでみせると、エミリーがミルクを手に取った。そして真剣な表情で、私と同じ量だけミルクを入れようと奮闘する。

「これぐらい？」

「うん。入れすぎなければ適当で大丈夫だよ。量は好みに左右されるかな」

エミリーが一口飲んだところで、ハイノとフィルもハク茶を口に運んだ。

「これ、美味いな。水に味がついてるって不思議だ」

「スラムではそのままの水しかないからね」

「街中には美味いものが本当にたくさんあるぞ。そうだ、今日は俺が料理を作ったんだ」

「ラルスが？」

ハイノはお兄ちゃんのことをよく知ってるからか、驚きに瞳を見開いてから、少し心配そうな表情を浮かべた。

「心配するな。俺は食堂の厨房で働いてるんだからな」

「そうなのか？」

「おうっ、すげぇ楽しいぞ」

その言葉に３人は少し肩の力を抜き、台所に向かったお兄ちゃんを期待の眼差しで見つめた。

「私も運ぶの手伝うよ」

皆に振る舞う料理はお兄ちゃんお手製のスープとラスートの薄焼き、さらには薄焼きで巻く具材である野菜や肉、ソースだ。テーブルに次々と知らない料理が並んでいく様子を見て、皆は興味深げに料理を覗き込んでいる。

「見たことあるやつが全然ないな」

「この薄いやつはなんだ？」

「それはラスートの薄焼きだよ」

「ラスートって、ポーツに少しだけ混ぜるあの粉？」

「そう。あの粉を水に溶いて焼くとこうなるの。これで好きな具材を巻いて食べるんだよ」

私の説明を聞いた皆はフォークを手に取り、躊躇いながらも肉や野菜をラスートの薄焼きに載せていく。そしてお兄ちゃんがやって見せたのと同じように具材を巻くと、それぞれのラスート包みが完成した。

「食べようか」

「うん。——っ、な、なにこれ！　すっごく美味しい！」

ラスート包みにかぶりついたエミリーは、瞳を見開いて可愛い笑みを浮かべた。

「美味しいよね。お肉が柔らかくていいと思わない？」

「うん！　それに野菜も甘みがある気がするよ」

「なんだこれ……！　美味すぎないか⁉」

「このソース？　これがあまりにも美味しすぎる」

皆は大絶賛だ。お兄ちゃんはそんな皆の感想を聞いて嬉しそうに笑っている。

「スープも食べてみてくれ」

「スープっていうのは飲み物じゃないのか？」

「いや、食べ物だな。水に色んな具材を入れて煮込んで味付けするんだ」

「茹で汁に味付けするってこと？」

エミリーが不思議そうに首を傾げながらそう聞いた。

そういう発想になるんだね……確かにスラムでは、食材が煮込まれているならそれは茹でている場合だけだ。調味料がほとんどなくて、スープというものは存在しない。

でも茹で汁に味付けをするって何かが違う気がするけど……具体的な差を説明できないかも。

「そのイメージでも問題はないかな。でも茹で汁よりもっと水が少ないよ。それに肉が入ったりもするし、一度茹でてからスープに入れる野菜もあるかな」

「じゃあ、ちょっと違うんだね。とりあえず食べてみるね」

スープを食べた３人の反応は凄かった。美味しい食事になる水というのがかなりの衝撃だったようで、瞳を見開きながら手を止めずにスープを口に運んでいる。

「本当に美味いな、これ」

「ラルスってこんなに美味い料理が作れたんだな」

「へへっ、店で教えてもらったからな。皆も教えてもらったらすぐできるぜ」

それからも美味しい食事を皆で堪能して、全員のお腹が満たされたところで食事は終了だ。

「次は着替えて街中を見学に行くのでいい？　市場とかを案内しようと思ってたんだけど」

満腹でまったりとしていた皆にそう問いかけると、皆はすぐに頷いてくれた。

「もちろん！　着替えって可愛い服を着れるんだよね？」

「そうだよ。今からさっそく選ぶ？」

「うん！」

「じゃあエミリーはこっちに来て」

「ハイノとフィルは俺とこっちな」

そうして私たちは寝室が女子グループ、リビングが男子グループに分かれて、それぞれ着替えをすることになった。フィルの服は今日のために買った1着しかないけど、ハイノはお兄ちゃんの服から、エミリーは私の服から好きなものを選べる。

エミリーと一緒に寝室に入った私は、まず寝室の収納スペースに続く扉を開けた。そしてその中からお気に入りの服を次々と取り出していく。最近はお金にも余裕ができたので、気に入った服があるとついつい買ってしまって、服はたくさんあるのだ。

「こんなにあるんだ！」

「可愛い服を見つけると、つい買いたくなっちゃって。エミリーにはこの辺の服が似合うかな」

ピンク色のふわふわな髪に大きな瞳を持つエミリーは、レースが使われた可愛い系の服装が似合うだろう。ウエストの部分がレースで絞られているこのワンピースか、袖にレースがついてるこっちのやつか……いや、このボタンタイプの少し大人っぽいやつもいいかも。

「全部すっごく可愛いね……！」

「エミリーはどれがいい？」

「うーん、私はこれが好き！」

エミリーが指差したのは、花柄のワンピースだった。ウエストの部分を大きなリボンで縛るタイプのやつだ。スカートの長さは膝丈ぐらいで、裾や袖にレースがついている。

「確かに似合うかも。着てみようか」

今日のために買っておいた新品の下着類も手渡して、エミリーの着替えを手伝うと……着替え終わったエミリーは、女の私でも思わず見惚れるほどに可愛かった。

エミリーって薄汚れてても可愛いから綺麗にしたら化けると思ってたけど、予想以上だ。エミリーが日本に生まれてたら、確実に大人気アイドルになってたよ。そう思うぐらい可愛い。

「どうかな？　似合ってる？」

「……すっごく似合ってる！」

少しだけ照れた様子で私の顔を覗き込んだエミリーに、私は何度も首を縦に振った。

「本当？　よかった」

「エミリー、髪の毛も綺麗に整えよう。髪飾りも貸してあげる」

エミリーは昨日の夜に髪を洗ってきたようで、艶はないけど髪は汚れていない。私はそんなエミリーの髪に丁寧に整髪料をつけて櫛で梳かし、大きめのリボンでツインテールにする。

「よしっ、完成だよ。鏡はそこね」

寝室にある姿見を示すと、エミリーは自分の姿を見て、ポカンと口を開けたまま固まった。

「……これ、私？」

「もちろん。エミリーって元がいいから、着飾るとすっごく可愛くなるね」

エミリーは街中で仕事を探そうと思ったら簡単な気がする。礼儀作法と敬語は学ばないとだけど、服飾店の店員として雇ってもらえるはずだ。もしかしたら礼儀作法と敬語は教える前提で、覚えてなくても雇ってもらえるかもしれない。容姿は生まれ持った才能だからね。

「……レーナ、すっごく嬉しい！　ありがと！」

私はエミリーの満面の笑みを見て満足し、自分も自然と笑顔になった。スラムと格差のある街中の生活を見せるのはどうなんだろうって思ってたけど、喜んでもらえてよかった。

「じゃあ、街中を見に行こうか」

「うん！」

それから私たちはお兄ちゃん、ハイノ、フィルにもエミリーの可愛さをお披露目《ひろめ》し、５人で

一緒に家を出た。向かう先はお母さんとお父さんが働いている市場だ。

「ハイノとフィルも、ちゃんとした格好をすると本当に見違えるね」

後ろから2人を眺めてしみじみと呟くと、ハイノが苦笑を浮かべつつ振り返る。

「さっきから何回も言ってるな。そんなに変わったか？」

「うん、やっぱり全然違うよ。ちょっと大人っぽく見える気がする」

「おっ、それは嬉しいな」

大人っぽいという言葉にフィルがピクッと反応し、分かりやすく胸を張って大股で歩き始めた。こういう部分はまだ子供だけどね。そう思いつつ、それを口に出すことはしない。

「あ、見えてきたぞ。あれが街中の市場だ。母さんと父さんの屋台は奥にある」

「おおっ、こんな建物に挟まれたところにあるんだな！」

「なんか、見たことないものばっかりだ」

「人がたくさんいるね。それに屋台がスラムとは違うみたい」

市場に足を踏み入れたところで、皆はキョロキョロと辺りを見回して静かになった。気になるものがありすぎて、逆にどれを見ればいいのか分からなくなっているらしい。

「レーナ、あの大きいやつは何？　丸いやつ」

「あれはハルーツって動物の卵だよ。色んな料理に使える美味しい食材なの」

「そうなんだ……不思議なものがたくさんあるね。さっきのご飯の時も思ったけど、野菜も知らないものばっかりみたい」

スラムには本当に限られたものしかないからね……スラムの人たちも街中に自由に出入りできるとか、もう少し広い世界を知る機会があったらいいのに。

神々の祈りの儀式でさえ、スラムの人たちはその日限定でスラムに作られる簡易の祭壇で行うから、本当に一生で一度も街中に入らない人が大半なのだ。

「あっ、おばさんとおじさんじゃないか？」

フィルが遠くを指差した先には、お母さんとお父さんが広げている屋台があった。地面に頑丈な布を敷いて、半分ではお父さんが火種を売っていて、その隣ではお母さんが簡易の調理場で焼きポーツの肉巻きを作っている。

「本当だ！　凄く久しぶりな気がするね」

「早く行こうぜ」

知らないものが溢れていて少し困惑気味だった皆は、お父さんとお母さんを見つけたことで緊張が解けたのか、２人の下に駆け寄った。屋台はちょうどいたお客さんが帰るところだったようで、２人一緒に笑顔でお客さんを送ってから、こっちに視線を向けてくれる。

「皆、久しぶりね」

「元気だったか？」

「おうっ、ちゃんとやってるぜ！」

「おじさんが木を切り倒してた場所は俺が引き継いだんだ」

「ちょっと寂しいけど元気だよ！」

皆の今まで通りの様子にお母さんは優しい笑みを浮かべ、お父さんは満足げに頷く。

「これからも頑張れよ」

「それにしても、服装が変わると見違えるわね。エミリーはとても可愛いわ」

「へへっ、本当？」

エミリーはお母さんに褒められてニコニコと満面の笑みだ。

「レーナがやってくれたの。お母さんにも見せたいなぁ」

「それなら今度はサビーヌも連れてくるといいわ。私も会いたいもの」

「いいの⁉　じゃあお母さんに伝えておくね！」

そこで話が一段落ついたところで、お母さんは焼きポーツの肉巻きをじっと見つめるフィルに視線を向けた。

「1つ食べるかしら」

「いいのか？」

「もちろんよ。皆ならお金もいらないわ」

お母さんは串に刺さっている焼きポーツの肉巻きを、温めるためなのか火に当ててからフィルに手渡す。そしてフィルの次はエミリー、ハイノだ。皆は嬉しそうに串を1本受け取ると、少し匂いを嗅いでから口に運び……食べた瞬間に、瞳を見開いて固まった。

そして10秒近く焼きポーツの肉巻きをじっと見つめてから、輝く瞳をお母さんに向ける。

「おばさん、これマジで美味いな！」

「本当？　よかったわ」

「すっごく美味しいよ！　焼きポーツがこんなに美味しいなんて！」

「これ、スラムでも食べたいな」

食べ慣れている焼きポーツだからか、皆には美味しさが分かりやすいみたいだ。

「ルビナの料理は美味いだろう？」

「なんでおじさんが自慢してんだよ。でも本当に美味いな」

隣でドヤ顔のお父さんには皆が苦笑いだ。本当にお父さんってお母さんが好きだよね。

「この味付けがとにかく美味いよな」

「もっとたくさん食べたくなるね」

「それならもう1本食べてもいいわよ。あっ、でも同じものよりも色々と食べた方が楽しいかしら。これと似た味付けの屋台飯が向こうに売ってるわ」

お母さんの言葉に皆が瞳を輝かせたので、私たちは場所を移動することにした。

そしてそれからも市場を楽しく見て回り、高価なものはスラムに持ち帰れないけど安いものならということで、布で作られたブレスレットをお揃いで購入し、最後にロペス商会の本店にやってきた。

本店を見てみたいというのは、エミリーのリクエストだ。ジャックさんが街中で働いてる姿を見たいってことだったんだけど……あっ、いた。

「あそこ、左側にいるよ」

本店の表側からお店を覗き込む形でジャックさんのことを示すと、３人は三者三様の反応を示した。エミリーはとにかく私と同じようにかっこよさに悶《もだ》えていて、ハイノはかっこよさやこのお店で働けていることを羨ましがっている。フィルは羨ましいというよりも、お店の立派さとジャックさんのレベルの高さに気後れしてる感じだ。

「あの服装と髪飾りが似合いすぎてる……！」

「そうなんだよ。推しになるでしょ？」

「なる！」

私の影響でエミリーは推しという概念を理解しているので、私の言葉にすぐさま頷いた。そして瞳を輝かせて頬を赤く染め、恋する乙女のような表情でジャックさんを見つめる。

「凄いな……こんなに大きな店で働けるなんて、羨ましいよ」

「確かに凄いけど、俺はこんな店で働ける気がしない。レーナはここで働いてるんだよな？」

「そうだよ」

「……凄いんだな」

フィルの純粋な尊敬の眼差しに、どう反応すればいいのか分からなくなる。確かに凄い……のかもしれないけど、もう慣れちゃったからあまり実感がない。

「フィルとハイノだって、勉強すれば働けるよ。大事なのは敬語と読み書き、計算かな」

「レーナはスラムで覚えたんだよな？」

「うん、ジャックさんが教えてくれたんだ。皆も勉強したいなら市場に行くといいよ。全員ではないと思うけど、あそこには敬語が使えて読み書き計算ができる人がいると思うから。少しは文字が読めるようになれば、私が教材を送ることもできるし」

その提案に３人は真剣な表情になり、まず頷いたのはフィルだった。そしてエミリー、ハイノと続く。

「頑張ってみる」

「教材を頼めるように、まずは読みを頑張らないとだな」

「でもスラムには文字がほとんどないよね……」

エミリーのその呟きを聞いて、私は突然閃くものがあって口を開いた。

「あのさ、スラムに伝わる物語が何個かあるよね？　精霊たちのお話とか」

「子供の頃に何度も聞いたやつか？」

「そう。それを私が文字にしようか？　それなら皆も内容を分かってるから、勉強しやすいんじゃないかな」

私のその言葉に皆が顔を明るくして頷いたのを見て、いい方法を思い付いてよかったと頬が緩む。皆はかなりやる気になってるみたいだし、将来がいい方向に進んで欲しいな。

「じゃあ、今日はそろそろ帰るか。時間も遅くなってきたしな」

話が途切れたところで空を見上げながらハイノが発した言葉に、エミリーとフィルも名残惜《なごり》しそうに日が傾き始めた空を見上げた。寂しいけど……引き止めるわけにはいかないよね。

「服も着替えないとだし、一度うちに戻ろうか」

それから3人が街中の風景を目に焼き付けるようにしながらゆっくりと家に戻り、服を着替えてもらったら皆で外門に向かって歩みを進めた。

朝とは打って変わって寂しげな皆の様子に、私まで寂しい気持ちになってしまう。でもこれでもう会えないわけじゃないんだからと無理矢理にでも寂しい気持ちを振り払い、皆にさっき用意した紙を手渡した。

「これ、さっき言ってた精霊のお話。一番短いやつを書いたから勉強に使ってね」

折り畳んであった紙を恐る恐る開いた皆は、そこに書かれている文字を見て瞳に力を宿す。

「ありがとう、レーナ。頑張るね」

「うん。応援してる」

「レーナ、これってあの歌にもなってる話か？」

「そう。それなら内容は誰でも分かると思って。疑問点とかあったら、いつでも連絡してね」

3人は私のその言葉に頷いて、紙を大事そうに服の中に仕舞って抱えた。

そうこうしている間にもう外門だ。私とお兄ちゃんも皆と一緒に外に出て、3人が脱いだ上着を受け取る。これで皆は完全にスラムの子供たちに元通りだ。

「気をつけて帰ってね」

「おう、俺がいるから大丈夫だぜ」

「2人も気をつけてな」

「もちろん。エミリー、また会おうね」

「うん！　今日はすっごく楽しかったよ！」

「3人ともまたな」

私たちは今日の楽しかった思い出を胸に、寂しさは端に押しやって笑顔で手を振り合った。

そして3人がスラム街の中に消えていくのを見送ってから、お兄ちゃんと一緒に街中へ戻った。

5章　魔物素材の買い付けへ

　エミリーたちが街中を訪ねて来てくれたりと、楽しくも忙しい日々を過ごしていると、私が11歳になった水の月はあっという間に過ぎ去り、風の月に入った。

　家族皆は街中での生活に完全に慣れたようで、もう1人でも危なげなく出掛けられる。お父さんとお母さんの屋台はそこそこ繁盛しているし、お兄ちゃんも毎日楽しそうに職場へと向かっていて順調な毎日だ。もちろん私の仕事も大きな問題はなく、毎日こなせている。最近は店舗に出ることも増えたので少し忙しいけど、やりがいがあって楽しい日々だ。

　リューカ車で遠くの配達を任せられることもあり、街中の地理には前よりも詳しくなった。

「ダスティンさん、おはようございます」

　今日は10日に一度の休日で、ダスティンさんの工房にやってきている。他に予定がある時以外の休日はダスティンさんの工房に入り浸っているのは相変わらずで、ダスティンさんとはかなり仲良く……なれたと思う。

「鍵は開いている」

「分かりました。失礼しますね」

玄関ドアを開けて中に入ると、ダスティンさんは既に工房にいるみたいだった。リビングを突っ切って工房に足を踏み入れると……そこには見慣れない素材がいくつも並べられていた。

「今日は洗浄の魔道具の開発じゃないんですか？」

洗浄の魔道具は形になったけど、ダスティンさんはやっぱり全種類の魔石を組み込んだ形で完成させたいみたいで、最近は工房を何度もぐちゃぐちゃにしながら開発に励んでいたのだ。

「ああ、あれは現段階では不可能だと判断した。何か別のアプローチが必要だと推測される」

「確かに、成功しそうな気配すらなかったですもんね」

私のその言葉にダスティンさんは少しだけ悔しそうな表情を浮かべたけど、すぐに切り替えてテーブルにたくさん並べられた素材と魔道具の設計図のようなものを指差した。

「今はまた別の魔道具開発を始めているところだ。実はこの魔道具はもう何年も考えているのだが、全く開発の糸口が掴めていない。しかし私も成長した。今回こそは成功させるつもりだ」

何年も考えて開発の糸口すら掴めないなんて、ちょっと興味を惹かれる。

「設計図を見てもいいですか？」

「もちろんだ。何か意見があったら言ってくれ。レーナの発想力は稀有なものだからな」

「ありがとうございます」

設計図に書かれていたのは、何かの円盤に1本の棒が立てられているものだった。絵だけでは全く魔道具の用途が分からず、隣に書かれた文字を読んでみると……そこには、飛行の魔道具とある。もしかして、飛行機とかヘリコプターとか、空を飛ぶものを作ろうとしてる？

「レーナは飛行魔法について知っているな？」

「はい。風の女神様の加護を持つ人が、稀に使いこなせる魔法ですよね」

「そうだ。しかし使いこなせるとは言ってもジャンプ力が高まり着地までの時間を延ばせるとか、走る時に少しの時間だけ浮くことができるとか、その程度のものだ。しかし中には、空を飛べるほどに使いこなせる者もいるのだ。国に数えられるほどしかいないのだが」

飛行魔法で空は飛べないっていうのが常識だと思ってたけど、ごく一部の人は飛べるんだ。それは、ロマンがあるね。風の女神様から加護を得たいなと思うほどに胸が高鳴る情報だ。

「凄いですね。そんなことができたら楽しそうです」

「そうだろう？　だから私は魔道具を使って、誰でも空を飛べるようにしたいと思っている」

そう言ったダスティンさんの瞳は、キラキラと少年のような輝きを放っていた。

「とても素敵だと思います。私も頑張って考えますね！」

「ああ、ありがとう。今の段階で何か思うことはないか？　なんでもいいから言ってくれ」

「分かりました。ではまず、なぜこの形なのですか？　別の形ではダメなのでしょうか？」

円盤に棒が取り付けられたイラストを指差して首を傾げると、この形には一応意味があるのかダスティンさんはすぐに口を開いた。

「それは空を飛べる飛行魔法の使い手が使っていた物を参考にしている」

「え、会ったことがあるんですか!?」

「昔な。……ただ遠くから見たことがある程度だ」

ダスティンさんって本当に不思議だよね……思わぬ経験や人脈があって、それに驚くことが頻繁にある。よほど実家がお金持ちなんだろうな。経験を得るのにもお金って必要だから。

「その人は、この円盤に乗って飛んでいたんですか？」

「そうだ。円盤部分に足を乗せて、棒を持ってバランスを取っていた」

「そうなのですね……」

実際に空を飛んでる人がこの形で飛べてるってことは、この世界ではこれが正解なのかな。でも私にはどうしても、これで空を飛べる想像ができない。

「この形で魔道具を試作してるんですよね？」

「ああ、何度もな」

「結果はどうだったのでしょうか？」

「……全く飛ばないか、制御不能になるかの二択だ」

やっぱりそうなんだ。ということは、この世界でも空を飛べる原理は地球とあまり変わらないのかな。もしそうなら、この形が失敗の原因だよね。

「ダスティンさん、前に見たという飛行魔法の使い手の方が飛んでいる時、その人の下方には強風が吹き荒れていたでしょうか」

「ああ、飛び立つ場所の周囲は立ち入り禁止になっていたな」

ということは、この世界でも風を上手く使って空を飛ぶってことだ。それだとこの円盤型は非効率というか、適した形じゃないよね……。

根拠のない私の予想だけど、その飛行魔法の使い手はかなり精霊魔法が得意で風を緻密に操れて、円盤がなくても生身の体だけで飛べるんじゃないのかな。円盤はただバランスが取りやすくなるから使ってるだけとか、そういう可能性もありそう。

そうなるとやっぱりこの形は完全に忘れて、空を飛ぶということに適した形にするべきだと思う。私が思い浮かぶのは飛行機とかヘリコプター、パラグライダー、その辺の形だ。

詳細な作りなんて全く分からないけど、どういう形が飛びやすいのかは伝えられるかな。

「ダスティンさん、まずはその方が使っていたというこの形を全て忘れるべきだと思います。そして物理的に飛びやすい形を追求しましょう。例えばですが、ちょっと紙をもらいますね」

私は適当な端紙を手に取って記憶を頼りに折っていき、ヨットを作った。そして2枚目の紙で紙飛行機を作る。

「少し形は違いますが、こちらが飛行魔法の使い手の方が使っていた円盤です。そしてこちらは、私が空を飛ぶのに適していると思う形です。どちらも飛ばしてみますね」

工房の端に向かって順番に同じフォームで飛ばすと、ヨットの方は目の前に落下して、紙飛行機は部屋の奥まで飛んでいった。

「一目瞭然だと思いますが、これほど飛距離が変わります。なので飛行の魔道具を開発する際には、そちらに飛んでいった形を元にした方がいいのではないかと思うのですが」

そこまで説明すると、ダスティンさんはふらっと立ち上がって私の下に怖いぐらい真剣な表情で歩いてきて、ガシッと私の肩を掴んだ。

「レーナ……お前はやはり天才だ!!」

お、おお、凄い勢いだ。とりあえず、喜んでもらえたならよかったけど。

「まず、これはどうやって作ったのだ？　紙をよく分からない向きに折っていると思ったら、すぐに出来上がっていた。それにあの飛んでいった形、あんなのどうやって思いついたんだ？私は今まで見たことがない」

「えっと……紙を折るのは葉っぱなどで暇つぶしにやっていて、あの形はたまたま思いついたと言いますか。あの……鳥っているじゃないですか。鳥が羽を広げた形に似せた方が、空を飛べるんじゃないかなーと」

私がなんとか理由を捻り出すと、ダスティンさんは興奮していて私の不自然な態度には気づかなかったのか、素直に賞賛してくれた。

「本当に凄いぞ！　レーナはなぜそのように素晴らしい発想を次から次へと生み出せるのだ。やはりスラム育ちというのが大きいのか？　私もスラムに引っ越しを考えるべきか……」

「い、いえ！　それは違うと思います！」

ダスティンさんの斜め上の考えを慌てて止めたけど、まだ悩んでいる様子だ。

「あの、スラムにはこの工房のものなんて何一つ持っていけないので、魔道具開発ができなくなります。鍵がしっかりと閉まる防犯性の高い場所は皆無なのでお金もたくさん持っていけば盗まれますし、食べるものに困って豊かな発想を育むどころじゃなくなります。私は……スラム街で培ったというよりも、生まれ持った性質もあると思うので」

私のせいでダスティンさんが馬鹿な行動を起こさないようにとスラムに行くデメリットを並べると、やっと納得してくれたのかダスティンさんは神妙に頷いた。

「確かにそうだな。ただそんな環境でここまでの発想力を持つレーナが、本当に凄い」

「ありがとうございます。……私は自分で言うのも微妙ですが、ちょっと普通じゃないので」

「……自分で分かっているのか？」

ダスティンさんは瞳を見開き私を凝視する。その言葉が返ってくるってことは、ダスティンさんも私のことを普通じゃないと思ってたってことだよね。その通りだから反論はないけど。

「さすがに少しは分かります。周りと全然違いますから」

「そうだな。……まあレーナの場合は、いい方向に突き抜けているから気にする必要はない」

私が気にしていると思ったのか、いつもより優しい声音で気遣わしげにそう言ってくれたダスティンさんに、自然と頬が緩んだ。

「ありがとうございます。今まで通り気にせずいきます」

「それがいい。ではレーナ、さっそく先ほどの紙を折ったものを参考にして設計図を書くぞ」

「はい！」

それからのダスティンさんは、ものすごい集中力だった。私が折った紙飛行機を見ながら設計図を描き、紙飛行機の折り方を少しずつ変えてどんな形が一番飛ぶのかを検証し、それを設計図に反映していく。

そうして数時間が経過し……やっとペンを置いたダスティンさんは、眼鏡をくいっと上げると眉間に皺を寄せた。

「レーナ、全く素材が足りない。これは買い付けに行かなければダメだな」

「素材って魔物素材ですか？　この街で売ってるところがあるのでしょうか」

「たまに流れてきた魔物素材が売られていることもあるが、基本的にはないな。魔物素材は出現したゲートの近くで、討伐された端から売りに出されるんだ」

ダスティンさんはそこまでを口にするとニヤッと笑みを浮かべて、机の上に置かれていた1通の手紙を手に取った。

「実はな、ちょうど昨日の夜にゲートが開かれる前兆の光が空に上ったと連絡が来た。この光が目撃された約2日後にゲートは開くんだ。要するに明日だな。場所はこの街からリューカ車で1日ほど。今から行けば十分に間に合う」

凄くタイミングいいね……というか、ゲートが開く前って前兆があるんだ。本当に不思議な現象だよね。魔物が出現するゲートが定期的に、それも決まった場所じゃなくてそこかしこに開くなんて。どういう原理なのか凄く気になる。

「そんな連絡が来るんですね」

「魔道具師にはな。今回は見送ろうかと思っていたんだが、やはり買い付けに行こうと思う」

「――その買い付けって、危なかったりしますか？」

「危険は……ないとは言わないが、魔物に相対するわけじゃないからそれほどでもない」

なんでそんなことを聞くんだと不思議そうなダスティンさんの言葉を聞き、私は顔を輝かせて口を開いた。

「その買い付け、私も一緒に行っていいですか！」

ゲートの存在はずっと聞いてるけど実際には見たことがないから気になるし、魔物素材の臨時市場なんて凄く楽しそうだ。それに街から離れたところに行ってみたい。

「別に構わないが、レーナには仕事があるだろう？　リューカ車で1日とは言っても向こうに数日は滞在するし、1週ほどはこの街に戻って来られないぞ」

1週か……長いけど行きたい。問題は仕事の休みがもらえるかどうかだよね。急だし長期間だから難しいとは思うけど、筆算の研究発表の褒美をまだもらってないから、その褒美の代わりに休みをもらえないかな。ギャスパー様に交渉する余地はあるかもしれない。

「これからロペス商会に行って、休みがもらえたら同行してもいいでしょうか」

「それならば構わんが、休みがもらえる可能性があるのか？」

「はい。保留にしている褒美があるので、もしかしたら」

「分かった。では休みがもらえたら出発準備を済ませてここに戻ってきてくれ。早ければ1刻後にはここを出るが、それまでに戻ってこなかったら置いていくからな」

その言葉に大きく頷いた私は、さっそくロペス商会に向かうため工房をあとにした。

商会の休憩室に入ると、ちょうどジャックさんがいたので声をかける。

「ジャックさん、おはよう。ギャスパー様っていらっしゃる？」

「おっ、レーナか。休みの日にどうしたんだ？」

「明日からの仕事について相談があって」

「そうか。確かギャスパー様は、午前中は商会にいらっしゃるはずだぞ」

よかった。ギャスパー様がいない時点で諦めないとだったから、かなりラッキーだ。

「ありがとう。ちょっと上に行ってくるね」

商会長室に向かい、来客中の札が出ていないことを確認してからドアをノックした。

「レーナです。少しお話があるのですが、よろしいでしょうか？」

「入っていいよ」

「ありがとうございます」

中に入るとギャスパー様は書類仕事中で、ペンを置いて私に視線を向けてくれた。

「休みの日にどうしたんだい？」

「明日からの仕事に関してのお話なのですが……もし許可していただけるならば、1週ほどお休みをいただきたいです。本当に急でご迷惑な話ですが、ご検討いただけないでしょうか」

私のその言葉を聞いたギャスパー様は、端から否定するのではなく理由を尋ねてくれた。

「随分と急だね。何かあるのかい？」

「はい。ダスティンさんが本日から魔物素材の買い付けに向かうらしく、私もそれに同行したいと考えています」

「ほう、魔物素材の買い付けか。ということは、近くにゲートが出現したんだね」

「リューカ車で1日の距離だそうです」

「それは近いね……うん、分かった。休んでもいいよ。怪我などしないように気をつけて、貴重な経験をしてくるといい。レーナの仕事については皆に割り振っておくよ」

「……え、いいのですか!?」

予想以上にすんなりと認められて、驚いて大きな声を上げてしまった。するとギャスパー様は笑みを浮かべて頷いてくれる。

「魔物素材の買い付けに同行できる機会なんて少ないからね、逃さない方がいい。ただその代わりに、帰ってきたらしっかりと働いてもらうよ？」

「……はい！　ありがとうございます！」

ロペス商会、本当にいい職場すぎて感動する。ギャスパー様と出会えたことが、私のレーナとしての人生で最大の幸運かもしれない。

それから次の1週で私がやるはずだった仕事についていくつか話を聞かれ、私はギャスパー様に気持ちよく送り出してもらえた。結局は褒美の話も出さずに休みがもらえちゃったね……自分が言い出したんだけど、いいのかなって少し心配になる。でもせっかくもらえた休みなんだから、心配なんてしてる暇はないか。ありがたく経験を積ませてもらおう。

休憩室に戻るとまだジャックさんがいて、ジャックさんにしばらく休むことを伝えながら、他の商会員に仕事を任せてしまうことへのお詫びとお願いを紙に書き、私は商会をあとにした。

そして家に戻って必要なものを鞄に詰め込んだら、お母さんとお父さんの屋台に向かう。

「あら、レーナじゃない。ダスティンさんのところに行くんじゃなかったの？」

お父さんはお客さんと話をしていて、手が空いていたお母さんが声をかけてくれた。

「ダスティンさんのところに行ってたんだけど、色々あってこれから街の外に行くことになって、お母さんとお父さんに伝えようと思って来たの」

「街の外って、スラム街に行くってこと？」

「ううん、もっと遠くに。リューカ車で1日ぐらいの距離だって。だから1週は帰ってこないけど、皆だけでも大丈夫だよね？」

私が1週は帰らないと告げた瞬間、お客さんと話をしていたお父さんの体がピクッと動いた。

やっぱりお父さんには反対されるかな……それでも絶対に行くけど。この機会は逃せない。

「私たちは大丈夫だけど、レーナは大丈夫なの？」

「うん。仕事は休みをもらえたし、ダスティンさんと一緒に行くから危険なこともないよ」

「そうなの。それならいいわ。いってら……」

「ちょっと待て！」

お母さんが笑顔で送り出そうとしてくれたのを、怖い表情のお父さんが止めた。

「本当に危険はないのか!?　それにダスティンと2人きりじゃないだろうな！」

「危険はそんなにないって言ってたよ。人数は……どうなんだろう。たぶん2人だと思うけど」

「そんなのダメだ！　絶対にダメだ！」

「アクセル。レーナはもう立派に働いてるんだから、好きにさせてあげなさい」

私の肩を掴んで逃さないとでも言うようなお父さんの態度に、お母さんは呆《あき》れた表情だ。

「で、でも……レーナが危ない目に遭ったら」

「そんなことを言ってたら、レーナは何もできなくなっちゃうわよ。1人で行くわけでもないんだし、ダスティンさんはいい人だったじゃない」

「そ、そうだけどな……」

お母さんの勢いにお父さんはタジタジだ。落ち込んだ様子でシュンと小さくなっている。

「お父さん、心配してくれてありがとう。でも大丈夫だよ。必ず無事に帰ってくるし、お土産も買えたら買ってくるね」

安心してもらえるように笑みを浮かべながら伝えると、お父さんは眉間に皺を寄せながらしばらく黙り込み、しかし数十秒後にはぎこちなく頷いてくれた。

「分かっ……た。絶対に、無事で帰ってくるんだぞ」

「もちろん！　お兄ちゃんにも行ってくるねって伝えておいてくれる？」

「分かったわ。気をつけてね」

「うん！　いってきます！」

私は晴れやかな笑顔で2人に手を振り、ダスティンさんの工房に向かった。

急いで戻ると工房の玄関前には立派なリューカ車が停まっていて、明らかに個人の持ち物に見えるリューカ車を呆然と見上げていると、ダスティンさんが両手に荷物を抱えて顔を出す。

「レーナ、戻ってきたのか。その荷物を持ってるってことは行けるんだな」

「……は、はい。仕事の休みをもらって、家族にも伝えてきました。あの……これって定期便じゃないですよね？　レンタルのリューカ車ですか？」

一般的なデザインとは異なるその外観から違うんだろうなと思いつつ聞いてみると、ダスティンさんは案の定、首を横に振った。

「そうじゃない。これは私の持ち物だ。普段はリューカの世話も込みで手入れは専門家に任せているんだが、さっき連絡して準備を頼んだ」

やっぱりそうなんだ……自前のリューカ車を持ってるのなんて、商会単位でしかあり得ないと思っていた。それもかなり稼いでる商会だけだ。

「魔道具師の方々って、リューカ車を持ってるのが普通なんですか……？」

「どうだろうな、あまり聞いたことはない。レンタル業者で手配するという話は聞くが」

「……ダスティンさんはなんで持ってるんですか？」

「私はちょっとした伝手《つて》でな。数年前にもらったんだ」

こんな立派なリューカ車をもらえる伝手。どう考えても、ちょっとした伝手じゃないよね。

「凄いですね……」

「そうだな……ただ管理維持費がかなり掛かるから、毎回レンタルするよりも高くつくぞ。まあ慣れた車だと移動の負担が減るところはいいが」

車部分に荷物を載せながらそう言ったダスティンさんは、中を覗き込む形になっていた上半身を外に引き戻し、身軽になったところで私と視線を合わせた。

「1つだけ憂鬱《ゆううつ》な報告があるんだが、同行者が1人増えた」

「え、そうなんですか？」

ダスティンさんが誰かと親しくしているところをあまり見たことがなかったから意外に思っていると、ダスティンさんは眉間に皺を刻んで重そうに口を開く。

「ああ、最悪のタイミングであいつが訪ねて来てな……」

そんなに嫌そうな顔をする相手って誰なんだろう。そう思ってどんな人なのか聞こうとしたその瞬間、前に一度だけ会ったことがある顔が、リューカ車の向こう側から現れた。

「そのように邪険にしないでください」

「はぁ……クレール、本当に一緒に来るのか？」

あの時に会った人だ。ダスティンさんに内覧の付き添いを頼みに工房に寄った時、私のことを探るような瞳で見てきた人。

「もちろんです。街から出る時には必ず連絡してくださいと、いつも言っていますよ」

「私はもう子供じゃないんだ。1人でも問題ない」

「そのような問題ではありません」

クレールさんは嫌そうな顔をするダスティンさんに有無を言わせぬ態度だ。

「レーナ、こいつはな……前に一度だけ会ったと思うが、昔からの知り合いだ。どうしても一緒に行くと聞かないものだから連れて行くことにした。鬱陶しいかもしれないが耐えてくれ」

「レーナさん、よろしくお願いいたします」

「あっ、よ、よろしくお願いいたします。クレールさん」

にっこりと笑みを浮かべて挨拶をしてくれたクレールさんからは、敵意のようなものは感じない。とりあえず仲良くする気はある……のかな。それならいいんだけど。

「ダスティンさ……ん、こちらはどこへ置けばよろしいでしょうか？」

「それは一番奥でいい。お前、付いてくるからには働いてもらうからな」

「もちろんでございます。ではご命令を」

「とりあえず、工房のテーブルに積んである荷物は全て車に運んでおけ。金の管理は私がやるから触らなくていい。それから御者は頼んだ。道中の食事も任せるぞ」

え、そんなに頼んじゃっていいの？　さすがに嫌がらせの域なんじゃ……そう思ってそっとクレールさんの様子を窺うと、クレールさんは今までで一番嬉しそうな笑みを浮かべていた。

「かしこまりました。お任せください」

こんなパシリみたいに使われて、嬉しそうにしちゃうんだ……昔からの知り合いって言ってたし、クレールさんはストーカーになりかけるほどにダスティンさんが大好きで、ダスティンさんはそんなクレールさんが鬱陶しい、みたいな関係性？

さらにダスティンさんはクレールさんに命令することに慣れてそうだし、クレールさんは命令されるのが嬉しそうだし……やっぱりダスティンさんは名のある商会の子息とかで、実家で色々あって今はここで一人暮らしをしてるのかな。それでクレールさんは、実家の商会でダスティンさんに付けられていた従者的な存在の人とか。

「レーナ、荷物はそれだけか？」

「……は、はい！」

2人の関係性に思考を巡らせていた私を、ダスティンさんの声が引き戻してくれた。

「重いだろう？　車に載せた方がいい」

「ありがとうございます。私も何か準備を手伝えることがあるでしょうか？」

「いや、それは全部クレールに任せておけばいい。私たちはもう車に乗ろう」

私はダスティンさんのその言葉に素直に頷いて、車に乗り込んだ。私が進行方向を向くことができる席で、ダスティンさんが私の向かいだ。他の席は全て荷物で埋まっている。

「クレールさんは御者ですか？」

「ああ、中には乗れないからな。私が御者をするつもりだったが、窮屈になってすまない」

「いえ、一緒に乗っていた方が話ができて楽しそうです」

「それならよかった」

それから席の座り心地を確かめたり、たくさんの荷物を何気なく眺めたりしていると、御者席と続く小窓が開いてクレールさんの声が聞こえてきた。

「では出発します」

「あまり急がなくてもいいから安全にな」

「かしこまりました」

リューカ車はゆっくりと動き出し、大通りに出て外門へ向かった。これから街の外に、それも街から離れた場所に行くんだよね……凄く楽しみだ。

　街を出て街道を進み始めたところで、窓の外に流れる景色を眺めていたダスティンさんが私に視線を向けた。

「レーナ、これから行く場所について話をしておきたい」

「分かりました。リューカ車で1日という話でしたけど、まだこの国の中なんですよね？」

　身を乗り出して聞いたその質問に、ダスティンさんは面食らったような表情で固まる。

「……そうか、国の大きさも知ることがなければ分からないんだな」

「はい。ロペス商会ではこの街のことは教えていただいて、別の街からの輸入品を扱う時にはその街の特性なども教えてもらいましたが、街同士の位置関係がよく分かってないんです」

　詳細な世界地図を渡してもらえたら頑張って覚えるんだけど、そういうのはないみたいなんだよね。少なくともロペス商会で手に入るものではないらしいというのが私の結論だ。

「私は大まかな位置関係ならば把握しているので教えよう」

「本当ですか！　ありがとうございます。やっぱり魔道具師の方々は色んな場所に行くので把握しているのでしょうか」

「――そうだな。自ら大まかな地図を作る者もいる」

「凄いですね」

自分で地図を作るってことは、地図がない状態で遠征してるってことだ。いくら街道が整備されてるとはいえ、それって勇気がいるよね。

「とりあえずこれから向かう場所だが、まだアレンドール王国内だ。それも王都アレルとその周辺に広がる、王領の中だな。王領から出ると貴族が持つ領地があり、この国の端まではリュ一カ車で1週はかかる」

リュ一カ車で1週……この国ってそんなに広かったんだ。

「今回のゲートが開いたのは広大な草原の中らしく、ゲートから近くにある街まではリュ一カ車で半刻ほど。魔物素材の市場はその街に開かれる予定なので、我々が向かうのはそこだ」

「ゲートがある場所には行かないんですか？」

「もちろんだ。危ないからゲート周辺は立ち入り禁止の決まりとなっている」

まあそうか。魔物が絶え間なく出現するゲートなんて、一般人を近づけたら危なすぎる。

「ゲートからの魔物放出は短ければ数時間、長ければ数日に及ぶ。市場が活発になるのは魔物の放出が終わりゲートが閉じたあとだから、まだ時間的には余裕があるな」

長ければ数日！　そんなに魔物が出てきて大丈夫なのかな……対処に当たる騎士とか兵士？の人たちは強いだろうから大丈夫なんだと思うけど、未知のものはやっぱり怖い。

私に戦う力があればよかったのに。ない物ねだりをしても仕方がないけど、こういう世界では特に強さを求めてしまう。私は1人で獣に襲われただけで命が危ないから。

「これから向かう街は大きな街なんですか？」

「いや、長閑《のどか》な田舎街だな。気候的に染料がよく育つため、染め物で有名らしい」

「へぇ～そうなのですね。おしゃれな布や服があるのでしょうか」

「私も行くのは今回が初めてだが、そう聞いている」

「それは楽しみです」

魔物素材が市場に並ぶまでに時間がありそうだし、少しは観光できるかな。お金も持ってきてるし、皆へのお土産も買いたい。ロペス商会にも買いたいから……手軽な日持ちする食べ物とかあったらいいな。

「そういえば飛行の魔道具だが、どんな素材を狙うのかは事前に決めておきたい。レーナは風を受ける部分はどんな素材がいいと思う？」

ダスティンさんは紙飛行機を取り出して、その翼部分を指差した。

「そうですね……やはり軽くて頑丈な素材がいいと思います。そしていくつかの素材をくっつけてしまうとそこから壊れやすいと思うので、できれば1つの大きな素材がいいかと」

「そうだな。狙い目は……大きな魔物の皮、空を飛ぶ魔物の翼部分、それからフロッグ系魔物の皮もいいかもしれんな。スネーク系の皮もありか？」

おおっ、なんだか異世界って感じだ。候補を聞くだけでちょっとテンションが上がる。

「空を飛ぶ魔物もいるんですね」

「もちろんいる。これが一番厄介で、包囲網から逃げられやすいんだ」

「確かにそうですよね……逃げられたらどうするんでしょうか」

「飛行魔法で空を飛べる騎士が追いかけて地面に落としたり、精霊魔法が得意な者が地上から追いかけて魔法で落としたりだな。落としたら下で他の騎士も応戦して倒すらしい」

騎士の仕事って、命懸けで大変だ。平和な生活を守ってくれてるんだから、感謝しないと。

それからもダスティンさんと楽しく話をしながらリューカ車に揺られ、辺りが暗くなってきたところでクレールさんは車を止めた。

「ちょうど野営場所がありますので、本日はここで泊まることにしましょう」

リューカ車から外を見てみると、街道の脇に整備された平らな土地があるみたいだ。石で作られた調理場のようなものも端に設置されている。

「こんな場所があるんですね」

「ああ、街道には一定の距離ごとに設置されている。他にも宿泊者がいることは多いんだが、今回は私たちだけのようだな」

ダスティンさんに続いてリューカ車から降りると、クレールさんがすぐ地面に分厚い布を敷いてくれて、光花で光源を確保してくれた。夜は肌寒い季節なので、膝掛けも手渡してくれる。

「こちらで休まれていてください。私は夕食の準備をして参ります」

「頼んだ。お前も無理せず休めよ」

「お心遣いありがとうございます」

クレールさんは嬉々としてリューカ車に戻ると、たくさんの荷物を抱えて降りてきた。本当にダスティンさんの世話を焼くのが楽しそうだよね……逆に手伝ったら嫌がられそうだ。

クレールさんの無駄のない動きをぼーっと見ていると、すぐに夕食は完成したのか私たちが休んでいる場所まで器を持ってきてくれた。中に入っているのは具沢山のスープだ。

「美味しそうです」

「ありがとうございます。もう1品作りますので、先にスープで体を温めていてください」

「分かった」

ダスティンさんはそれが当たり前というように器とスプーンを受け取り、さっそく口に運んでいる。私も渡されて思わず受け取ったけど、クレールさんが働いてるのにいいのかな。

でもせっかく作ってくれたスープを食べずに冷ますのも勿体ないし……早く食べて手伝おう。

そう結論づけた私は、スプーンでたくさんの具材を同時に掬《すく》って大きく口を開けた。頬が膨らむほどの量に少し入れ過ぎたと後悔しつつ咀嚼していると、スープの美味しさに驚いて、思わずクレールさんを見つめてしまう。

「……凄く美味しいです」

飲み込んでからそう呟くと、ダスティンさんは上品にスープを口に運びながら頷いた。

「クレールは料理が上手いんだ。味付けのセンスがある」

「本当ですね……それに野菜の下処理が凄く丁寧です」

最近はお兄ちゃんがよく家で練習してるから、ここまで綺麗に処理をするのがどれほど難しいかは分かる。さっきの短時間で作ったとは思えないスープだ。

「あいつに言ったら喜ぶぞ」

「……そうでしょうか。ダスティンさんに褒められた方が喜ぶと思いますが」

「いや、あいつは意外とレーナのことを気に入っている。そうでなければレーナの膝掛けはないし、夕食も自分で作れと言われるはずだからな」

そうなんだ……確かにダスティンさんのついでとしても優しいなと思ってたけど、気に入られてたのか。クレールさん……凄く、凄く分かりづらいです。

「クレールさんって、ツンデレですか？」

思わずそう呟いてしまうと、ダスティンさんが珍しく声をあげて笑った。

「ははっ、あいつのことをそんなふうに評価したのはレーナが初めてだな」

私たちの会話が聞こえたのか、クレールさんからの視線を感じる。

「ダスティンさん、睨《にら》まれてる気がするんですけど。やっぱり嫌われてるんじゃ……」

「大丈夫だ。あの表情は睨んでるというよりも羨ましがっている」

「……分かりづらいです。ダスティンさん、よく分かりますね」

「あいつとの付き合いは長いからな。家族よりも一緒にいた時間は長い」

そうなんだ。確かにお付きの人って、ずっと一緒にいるイメージはある。クレールさんがそういう存在っていうのは私の予想だけど。

それからは私がスープを飲み切る前に2品目が完成し、何か手伝おうと声をかけたら、ダスティンさんの世話は譲らないときっぱり断られてしまい、私はダスティンさんと共にクレールさんにおもてなしされただけで夕食は終わった。

とにかく分かったのは……、クレールさんがダスティンさん第一ってことだ。クレールさんがいる場所でダスティンさんへのマイナス評価は、絶対にダメ。私はそう心に刻み込んだ。


昨夜は2人が見張りを交代でしてくれるということになったので、私はありがたく眠らせてもらって、朝日が昇る頃に気持ちよく目が覚めた。

むくりと起き上がって大きく伸びをすると、ダスティンさんとクレールさんが起きているのが視界に入る。クレールさんは調理場で、ダスティンさんは本を読んでいるみたいだ。

「おはようございます」

「起きたのか、おはよう」

「お2人とも早いですね……まだ日が昇る頃なのに」

私はスラムで朝日と共に目覚める生活に体が慣れているから自然と目が覚めるけど、街中の人たちはもう少し朝が遅いはずだ。

「私は後半の見張りだったから起きているんだ。あいつは俺の見張りが信じられないのかと詰め寄ってなんとか寝かせたが、1刻後に起きてきてそのままずっと作業をしている」

クレールさんが徹夜で見張りをするって言ってダスティンさんと揉《も》めてたけど、結局そんな感じになったんだ。クレールさん、あまりにもダスティンさん優先が徹底していて、感心すら覚えるレベルだ。ここまで突き抜けると、ヤバい人だとかって思う段階じゃなくなるかも。

「レーナさん、起きたのですね。そちらの水で顔を洗ってください」

「分かりました。ありがとうございます」

顔を洗って髪の毛を梳かしていると、調理場からいい匂いが漂ってきた。クレールさんとの旅が快適すぎて、これに慣れたら大変だよね。本当なら全部自分でしなくちゃいけないのに。

「朝ご飯は手軽に食べられるものということで、ラスート包みにいたしました」

「ありがとうございます」

ラスート包みは丁寧に食べやすく下処理された野菜と、抜群の焼き加減でふっくら柔らかく仕上がったハルーツの胸肉、そして絶品のソースが入っていた。

「ん、凄く美味しいです！」

「よかったです」

「お前は本当に料理が上手いな。屋台を開いたら繁盛するぞ」

確かにこの味が売ってたら私は常連になるよ。いつも買ってる屋台のラスート包みも美味しいんだけど、これは一段階レベルが違う。日本だったら、ファミレスと専門店ぐらいの差だ。

「ありがとうございます。しかしこちらは高級な材料も使っておりますので、屋台で売るには向かないのです」

「そうなのか？」

「はい。特に高いのは、サウですね」

「サウ!?　サウって言いましたか!?」

クレールさんが発した名前があまりにも衝撃で、思わずその場に立ち上がってしまった。

サウは手のひらに載るサイズの真っ黒な枝みたいなやつで、それ1本で金貨が飛ぶのだ。ロペス商会でもあまり取り扱ってないけど、一度だけ見たことがある。

「はい。サウは高いですが、少し削って入れるだけで旨みと香りが増すのです」

「……そんなに高級なもの、私も食べていいのでしょうか」

「気にするな。食材は食べなければ、いずれダメになるのだからな。それにサウはうちに３本ぐらいあったはずだ」

３本も……なんかもう、ダスティンさんは異次元だね。いや、分かってはいたんだけど改めて実感した。金銭感覚があまりにも違いすぎる。それは私にポンと大金を渡せるよ。

そしてクレールさんにも驚きだ。今回の食材は全てダスティンさんの家から持ってきたものなのに、そんな高級食材を当たり前のように使えるなんて。日頃からサウを手にできる環境にいるってことだよね……。

「残すのも勿体ないのでいただきます」

「そうしてくれ。美味しいものは皆で食べた方がいいからな」

それからは開き直ってラスート包みを美味しくいただき、少し食休みをしたところでリューカ車に戻った。

またリューカ車に揺られてしばらく。ついに目的の街へと到着した。外門を通ってリューカ車のまま街中に入ると、王都とはかなり違う光景が広がっている。

まず何よりも違うのは、建物の密集具合だ。街中なのに畑や空き地があり、公園や広場じゃない緑を見ることができる。さらに背が高い建物も少なく、長閑な田舎街という感じだ。

「なんだか落ち着きますね。あっ、もしかしてあれが染め物ですか？　とても綺麗です」

広い庭に、鮮やかな色に染まった布がたくさん干されている。染色工房なのかな。

「ほう、確かに綺麗だな。いくつか布を買って帰るのもいいかもしれない」

「ですね。私も家族に買って帰ります。それから商会にもお土産を買いたいのですが……何か特産品の食べ物とかはあるのでしょうか」

「あるとすれば、染料となる植物を育てるにあたって、一緒に育てている作物だろう。確か畑の質を保つために、染料が育たない時期に作物を植えると聞いたことがある」

「そうなのですね。ちょうど今の時期に手に入るといいのですが」

畑を見る限りだと……どこにもパッと見て分かる植物はなさそうだ。

「そういえば、街は特に緊張感が漂っているということもなく、穏やかですね」

「外壁があるからな。それにこの場所は王都に近く、騎士団が間に合わないということもないから安心しているのだろう。魔道具師が来るからと、商売人は喜んでるかもしれないな」

「逞《たくま》しいですね」

それほどにゲートという存在は、この世界で一般的なものなのだろう。

それからもリューカ車に揺られていると、立派な4階建ての建物の前で車が止まった。

「こちらの宿に部屋が空いているかを聞いて参ります」

クレールさんがダスティンさんにそう声をかけてから建物の中に入っていき、すぐに戻ってきた。隣には宿の従業員なのだろう男性を伴っている。

「ダスティンさん、こちらの宿で3部屋確保できましたので、よろしいでしょうか」

「ああ、リューカ車の置き場もあるか？」

「はい。こちらの方がリューカ車を預かってくださいます。荷物はあとで私が運びますので、そのまま降りてくださって構いません」

「分かった」

ダスティンさんに続いて私もリューカ車を降り、3人で宿の中に入った。宿はかなり綺麗でオシャレで、いい宿なんだろうなと一目で分かる。

「いらっしゃいませ」

中に入ると別の従業員が出迎えてくれた。にこやかな壮年の男性だ。

「数日世話になる」

「かしこまりました。料金は前払いとなりますがよろしいでしょうか？　宿泊日数が確定しない場合は1泊分だけお支払いいただき、延長していくことも可能です」

そんなことができるんだ。それって便利な制度だね。日本だと別の部屋に取り直しとか、空いてなかったら別のホテルを探すことも多いのに。

「分かった。そうだな……3泊分は今支払おう。それ以降は延長とする」

「かしこまりました。お支払いはお分けいたしますか？」

「いや、まとめてでいい」

ダスティンさんの返答を聞くと、男性はすぐに料金表を見ながら合計金額を計算し始めた。

「ダスティンさん、私の分は支払いを分けた方が楽じゃないですか？」

その方がお釣りをもらえるのにと思って首を傾げると、ダスティンさんは眉間に皺を寄せながら口を開いた。

「レーナに払わせるわけがないだろう？」

「……え!?　払ってくれるんですか？」

「もちろんだ。私は子供に金を出させるほど困ってはいない」

「いや、それは分かってますけど……」

無理を言って付いてきたのに、お金も払わせるとか申し訳なさすぎる。でもダスティンさんの感じからして、私にお金を出させてくれそうな感じはない。ダスティンさんには、いつも奢ってもらってる気がするな……いつか恩返しができたらいいんだけど。

「ありがとうございます。今度お礼をさせてください」

素直にお礼を伝えると、ダスティンさんは眉間の皺をふっと消して頬を緩めた。

「私の方こそレーナに礼をしなければならないと思っているのだがな」

「……そうなのですか？　私ってダスティンさんに何かしましたっけ？」

休日の度に工房にお邪魔してお昼ご飯をご馳走してもらったり、実験で服が汚れたからと新しい服や髪飾りをプレゼントしてもらったり、家族へのお土産に果物や持ち帰れる食事を作ってもらったり、私がしてもらったことはたくさん思い浮かぶけど……その逆は思いつかない。

今までの行動を思い出していると、ダスティンさんが呆れたような表情でため息をついた。

「レーナはもう少し自分の発想力の希少性を認識するべきだ。レーナがぽろっと溢す様々な意見は、いくら礼をしても足りないほどに価値があるのだぞ。今回の宿泊費なんて安いものだ」

「そうなの……ですね」

いいアイデアにはかなりの報酬をもらっていたから、ダスティンさんが損をしてるんじゃないかって心配してたのに。

「アイデア料は渡しているが、レーナは明確なアイデアという形じゃなく雑談で面白い意見をくれるからな」

「とりあえず……お役に立てているのならよかったです。ただ私じゃ活用できない発想ばかりですし、そんなに気にしないでください。あっ、でもそういうことなら、今回の宿泊費はありがたく奢ってもらいますね」

奢ってもらう理由ができて笑顔でそう伝えると、ダスティンさんは微妙な表情で頷いた。

それからは支払いを済ませ部屋の使い方の説明を受けて、一度それぞれの部屋に向かった。

鍵を開けて中に入ると……その部屋の広さにかなり驚く。

入り口の近くにはソファーセットが置かれていて、左奥にベッドがあるみたいだ。ベッド脇にも小さなテーブルと椅子が設置されている。下手したらうちよりも広いんじゃ……いや、さすがにそれはないと思いたい。でもスラムの小屋より広いのは確実だ。

「レーナ、夕食まで時間があるから街を散策するぞ」

部屋の中を見回っていたらダスティンさんが呼びに来てくれたので、慌ててドアを開ける。するとそこにはクレールさんもいた。

「分かりました。部屋、凄く広くて豪華ですね」

「……そうか？」

ダスティンさんは本心で豪華だとは思えないようで、困惑している様子で首を傾げた。ダスティンさんって、どんなお金持ちの実家があるんだろう。この部屋が豪華じゃないなんて。

「確かに狭くはないな」

私はダスティンさんに共感を求めることは諦めて、その言葉に頷いて部屋から出た。

「街に行きましょう。散策するの楽しみです」

「とりあえず、魔物素材の臨時市場を見に行こうと思う。それが終わったら観光もだな」

「え、もう市場があるんですか？」

「素材があるかは分からないが、市場自体は作られているはずだ」

「そうなのですね。では早く行きましょう」

私はうきうきと心躍る気持ちをそのままに、大きく一歩を踏み出した。

そこまで広い街ではないということで、徒歩で移動することになる。

「市場はどこにあるのですか？　リューカ車からはそれらしき場所が見えませんでしたが」

「場所は外門の近くにある広場のようです。この街には外門が2つあり、私たちが入ってきた門とは別の方ですね。ここからだと徒歩で10分程度で着くと思います」

「結構近いのですね」

別の外門から入って街中をリューカ車で進んだ時間はそこまで長くなかったことを考えると、この街は予想以上にこぢんまりとしているらしい。

「その畑がある場所を右に曲がります」

「分かりました」

しばらくクレールさんの案内通りに進んでいると、人がたくさん集まる場所が見えてきた。

「あそこでしょうか」

思わず声をあげると、クレールさんが頷き肯定してくれる。

「あんなに人が集まるんですね。素材を売っているのは騎士ですか？」

「いや、市場を設営したり店番をするのは、基本的に今回限りで雇われた街の者だな。数人だけ下っ端の騎士がいるぐらいだろう」

「そうなのですね」

市場に近づくとガヤガヤと賑やかな声が聞こえてきた。売る側の人間もたくさんいるけど、街の人たちも見学に集まっているみたいだ。

「少しは魔物素材があるということは、ゲートは開いているようだが……まだ早かったな」

「本当はもっとたくさんの素材が並ぶのですか？」

「ああ、テーブルに乗り切らず地面に布を敷いて並べられたり、木箱に詰められたままの素材がたくさんあるのが一般的だ。今の時間でこの感じだと、買い付けは明日だな」

そんなに素材って集まるんだ。今だって見て回るのが楽しそうなほどには置かれてるのに。

「明日は早く起きた方がよさそうですね」

クレールさんのその言葉にダスティンさんが頷き、全体をざっと確認してから広場を出た。

「今日は観光にするか。レーナは行きたいところがあるか？」

「私の希望でいいのですか？」

「ああ、私はこだわりがないからな」

「ではお土産を見に行きましょう。観光客向けの市場などはあるのでしょうか？」

その疑問に答えてくれたのはクレールさんだ。ここから徒歩で行けるところに、染色工房が密集している場所があるらしい。その近くに布を売るお店もあるそうだ。

「クレールさん、情報量が凄いですね。いつの間に調べたんですか？」

「宿で時間がありましたので。このぐらいは当然のことです」

クレールさんは表情を変えずにそう言うと、私たちを案内するために一歩前に出てくれた。そんなクレールさんにダスティンさんは当然のように付いていく。

この2人はほぼ確実に主従関係だよね……そんなことを考えながら、私も2人に続いた。

しばらく雑談をしながら歩いていると、クレールさんが少し先にある大きな建物を示した。

「あちらの店舗が一番品揃えがいいと、宿の従業員が勧めておりました」

「かなり大きな建物ですね」

外観を見回してからクレールさんに続いて中に入ると、たくさんのカラフルな布に迎えられる。大きな一枚布が綺麗に折り畳まれ、所狭しと並べられているようだ。

「いらっしゃいませ。魔道具師の方ですか？」

声をかけてくれたのは、優しげな笑みが印象的な店員の女性だ。

「ああ、よく分かったな」

「現在は臨時市場が開かれていますから。お探しのものがありましたら、こちらで探しますよ」

「ありがとう。私は魔道具研究用にいくつか布が欲しい。レーナは土産用だ」

ダスティンさんのその言葉に、女性は笑顔で頷くとさっそく店内を案内してくれた。

ここで買う布も魔道具研究用なんて、ダスティンさんって本当に魔道具が好きだよね。

「魔道具研究に使うならば、こちらの布が強度が高くおすすめです。またこちらに積み上げられた端布はお安いですので、研究には適しているかと」

「ふむ、分かった」

ダスティンさんが真剣な表情で悩み始めたところで、私はまた別の場所に案内してもらい、家族と自分へのお土産を選んだ。大きい布を買って、皆でお揃いの服を仕立ててもらったら楽しいよね。それから実用品として、ハンカチとして使えそうな素材の布もいいかも。

それから女性の助けも借りてお土産の布を選び、適当な大きさに裁断してもらった。テーブルの上には、カラフルな布が積み上がっていく。

「レーナ、決まったのか？」

裁断待ちをしていると、ダスティンさんがいくつかの布を抱えて私の下に来た。

「はい。ダスティンさんはその抱えている布だけですか？」

「そうだ」

「ではそれはここに置いてください。私が合わせてお会計をするので。日頃のお礼です」

そう言って笑みを向けると、ダスティンさんは渋々ながらも頷いてくれた。

「……ありがとう」

「いえ、気にしないでください！」

レーナになって久しぶりに奢るという行為ができて、思わず頬が緩んでしまう。やっぱり奢られてばっかりっていうのは性《しょう》に合わないのだ。凄くありがたいことは確かなんだけど。

「たくさんのお買い上げありがとうございます。ついでにこちらの果物もいかがでしょうか？この時期しか売っていない希少な果物です」

店員の女性がカウンターの近くに置かれていた果物を示して、私は初めてそれが置かれていたことに気づいた。もしかして、求めてた特産品の果物？

「これってなんて名前の果物ですか？」

ロペス商会でも見たことがないと考えつつ問いかけると、女性は笑顔で1つを手に取ってカウンターの上に載せてくれた。黄色一色のその果物は、両手で抱えるほどの大きさだ。女性が持ち上げた感じからして、重量感もあるように見える。

「メイカという名前の果物です。この街で栽培されている染料となる植物は、土の月に収穫され風の月の中頃に種を蒔《ま》きます。その間となる水の月にメイカを育てるのが、この街の伝統なんです。果実はこうして収穫し皆で食べて、余った分は売りに出し、メイカの蔦や葉、根などは乾燥させて畑の土に混ぜると翌年の染料となる植物がよく育ちます」

ダスティンさんが言ってた通り、そういうサイクルがあるんだね。

「この果物は王都に輸送していないのか？」

「はい。あくまでも果実は副産物なので、街の皆で食べてこうして少し売りに出すと、すぐに終わってしまいます。なのでこの時期にこの街へ来られた方だけが食べられる、珍しい果物だと思いますよ」

私はそこまでの説明を聞いて、この果物を買うことに決めた。味見はできないらしいけど、珍しい果物というだけでロペス商会へのお土産にぴったりだろう。

「どのぐらい日持ちしますか？」

「直射日光が当たらない場所でしたら、2週程度は美味しく召し上がっていただけます。こちらはまだ収穫して3日ですので、しばらくは大丈夫です」

それならお土産として問題はない。ギャスパー様に1つと皆で切り分けて食べる分が2つぐらい、あとはうちで食べる分も1つ欲しいかな。

「4つ……いや、5つ買ってもいいでしょうか。ダスティンさん、持ち帰れますか？」

ダスティンさんとも一緒に食べようと思って、最後に1つ追加した。

「これが5つぐらいは問題ない」

「よかったです。では5つお願いします」

「かしこまりました。準備いたしますのでお待ちください」

それからメイカ5個分の支払いも済ませ、持ち帰るには多くなりすぎた購入品を宿まで運んでもらえるようにお願いして、私たちはお店をあとにした。


次の日の朝。ついに今日は魔物素材の買い付けをする日だ。朝早くに起きた私たちは宿で朝食を食べ、さっそく臨時市場にやってきた。

「うわぁ、凄いですね」

昨日とは比べ物にならない魔物素材の山だ。並べられているというよりも、盛られているという表現の方が適切かもしれない。それに人の数もかなり多い。

「これは選び甲斐があるな」

ダスティンさんは目の前の光景にニヤリと口端を上げると、狙いの素材を見つけたのか市場の奥に迷いなく足を進めた。私はそんなダスティンさんを小走りで追いかける。

「何かあったのですか？」

「あそこに魔物の飛膜がある。あれは使えるぞ」

飛膜……ってあれか。あのコウモリとかの羽の部分。確かに私たちが求めてる素材だね。

「ちょっといいか？」

「はい！　なんでしょう？」

「この飛膜はなんの魔物だ？」

「えっとですね……それはビッグバットです。皮膜をお探しですか？」

「そうだ」

「それなら、いいのがありますよ！　さっき運ばれてきたんですけど……これです！」

店主をしている男性は興奮気味に声を大きくすると、丸められてるのに両手で抱えるのが大変な大きさの何かを後ろから持ってきた。これも飛膜ってことだよね……こんな大きさの飛膜を持つって、魔物はどれほど大きいのだろうか。

「もしかして、ワイバーンか？」

「そうです！　魔道具師の方ですか？　さすが知識をお持ちですね」

「それを言うなら君の方が凄いと思うが。この街の住人じゃないのか？」

「私は魔道具師の見習いでして、今回は売る方を手伝ってるんです」

「そういうことか。それなら納得だな」

ダスティンさんは相手が知識を持つ人だと分かったからか、口角を上げて一歩前に出た。2人は価格についてや今回のゲートから出現している魔物の傾向など、難しい話を始める。

「あの、クレールさん。ちょっとだけ質問してもいいですか？」

あまりにも話の内容が分からなかったので、隣で静かにダスティンさんのことを見守っていたクレールさんの袖を引くと、クレールさんは少しだけ悩みながらも頷いてくれた。

「私に答えられることならば」

「ありがとうございます。魔物に関しての質問なんですけど、ビッグバットとワイバーンってどういう魔物なんでしょうか。さっきの話からしてワイバーンは珍しい魔物かなと思ったのですが、どちらも聞いたことがなくて……」

魔物の種類に関しては工房でたまに教えてもらっていたけど、もっと覚えないといけない優先順位が高いことが山のようにあって、学ぶのを後回しにしていたのだ。

「どちらも飛膜があることから分かるように、飛行型の魔物です。ビッグバットは体長が成人男性の片手の長さぐらいと言われています。飛行速度は遅いですし、あまり強い魔物ではないですね。ワイバーンは人が4、5人縦に並んだぐらいの大きさでしょうか。あの飛膜からも分かるように大きな翼を持ち、風の刃による攻撃はかなり厄介で強い魔物です。何体も現れたら被害を出さずに討伐するのは困難でしょう」

クレールさんは魔物に関して詳しいようで、私が知りたい情報を的確に教えてくれた。

「ワイバーンがゲートから出てくることは少ないのですか？」

「そうですね。あまり出現頻度が高い魔物ではないです。ゲートには種類が完全にバラバラな時と、一定の似たような種類の魔物がたくさん排出される時があります。今回はざっと素材を見るに前者のようですので、こうした珍しい魔物が紛れることもあるのでしょう。後者の場合は基本的に珍しくない、そこまでの強さがない魔物が群れで現れることがほとんどですので」

「そうなんですね」

ゲートにも一応の規則性みたいなのはあるんだね。本当に不思議な現象だ。確か魔界と繋がる門とかって言われてるんだよね……本当に魔界なんてあるのかな。

「ワイバーンが風の刃を放つって仰ってましたが、それって精霊魔法とは違うのですか？」

「はい。精霊は空気中に漂う魔力を使いますが、魔物は体内に魔力を有していると言われております。それを個々で現象に変換させられるらしいです」

「それって強いですね……」

話を聞くほど魔物ってこの世界の脅威だ。もしワイバーンのような魔物が大量に溢れてくるゲートが発生したら、どうなるんだろう。私は怖い想像で寒さを感じ、無意識に腕を擦った。

「クレール、この2つを買ったから荷車に載せてくれ」

クレールさんに色々と教えてもらっているとダスティンさんの話も終わったようで、結局ビッグバットとワイバーンの飛膜を1つずつ買ったらしい。

「かしこまりました」

この市場では大きな素材を扱うことから荷車が貸し出されていて、その1つにクレールさんが購入した飛膜を積み込む。そして盗難防止のためか、上から分厚い布のカバーを被せた。

「他に狙い目の魔物を教えてもらったから次に行くぞ」

「分かりました。確かスネーク系やフロッグ系の皮が欲しいって言ってましたよね」

リューカ車で聞いた話を思い返すと、ダスティンさんは楽しそうに頷いた。

「ああ、今回はスネーク系の魔物が比較的多いらしい。いいものがたくさん買えるだろう」

それから私たちはスネーク系魔物の皮を10数枚、フロッグ系の魔物の皮を数枚、さらにベア系やボア系の魔物の毛皮や爪。他にも多種多様な魔物の素材を購入し、荷車がいっぱいになったところで、やっと臨時市場の全てを回り終えた。

「いい買い物ができたな」

ダスティンさんは今まで見たことがないほどに口角を上げ、機嫌がよさそうだ。

「私も楽しかったです。クレールさん、色々と教えてくださってありがとうございました」

最初に質問してからは、聞かなくても魔物についてその都度教えてくれた。

「お役に立てたのでしたらよかったです。ダスティンさんの側にいるのならば、魔物に関する知識は必要です」

「そうですよね。頑張って覚えます」

しっかりと頷くと、クレールさんは微笑みを浮かべてくれた……気がする。

「ダスティンさん、明日からはどうするのですか?」

「まだ予定の滞在日は何日かあるが、欲しいものは全て買えたし早めに研究をしたいな。明日の朝早くに帰るのはどうだ?　それならば、明日の夕方には王都に着くだろう」

「私としては、早く帰ることができれば、それだけ早く仕事に出られるのでありがたいです」

「私も問題ありません」

私とクレールさんがダスティンさんの提案に頷き、帰還日は明日に決まった。

「では今夜は早めに休もう」

それからは足早に宿へと戻り、購入した荷物をリューカ車に全て詰め込んでから、宿の夕食を堪能して眠りについた。

次の日の朝。私たちはこの宿で最後の食事となる朝食を食べ、早い時間にリューカ車へ乗り込んだ。車の中は買ったものがたくさん詰められていて、行きよりもかなり窮屈だ。

「これ、乗れますか？」

「いや、さすがに厳しいだろう。レーナが1人だけなら何とかいけるかもしれないが……魔物素材に囲まれて1日過ごすのは嫌だろう？」

「はい」

私はダスティンさんの問いかけに即答した。魔物素材は完全に乾いていないものもあって、なんとも言えない臭いを発しているのだ。

「素直だな。ではレーナは御者席に座るといい。2人ぐらいなら余裕なはずだ。私は後ろにある足場に立って乗ろう」

「え、立って乗るって危なくないんですか？」

「掴まるところもあるから問題はない」

ダスティンさんがリューカ車の後ろに向かおうとして……それをクレールさんが止めた。

「ダスティンさん。帰りは御者をお任せしてもよろしいでしょうか？　私が後ろに乗ります」

「……お前は本当に過保護だな」

クレールさんの主張にダスティンさんは呆れた表情を浮かべ、しかしここで揉めても時間の無駄だと思ったのか、クレールさんの提案に頷く。

「では私が御者をしよう」

「よろしくお願いいたします」

3人でそれぞれの場所に収まると、ダスティンさんはさっそくリューカ車を動かした。

「あんなにたくさん荷物が乗っていて、リューカは大丈夫なのですか？」

思わず心配になって尋ねると、ダスティンさんはすぐに頷いてくれる。

「リューカは重いものを引くのは得意なんだ。このサイズの車に荷物がたくさん詰まっているぐらい、全く問題はない。もっと大人数用の車も引けるのだからな」

「そうなのですね」

リューカって見た目よりもパワフルなんだね。馬に姿形は似てるんだけど、馬よりも確実に力持ちだ。ただその代わり、スピードはそこまで上がらないけど。

「帰ったらまずは何から研究をしますか？」

「そうだな……ワイバーンの飛膜からと言いたいところだが、さすがに貴重だから後回しだ。スネーク系の魔物の皮が無難だろう」

「たくさん買いましたもんね」

「あとは魔物素材を使わずに、布と木材でも模型を作ってみよう」

これからの研究について説明してくれているダスティンさんの声音がとても楽しそうで、思わず横を向くと――ダスティンさんの僅かな微笑みの先に、気になるものが映った。

なんだろうあれ。草原を駆ける獣？　その大きさから近くにいるようにも一瞬見えたけど、背景から考えるとまだ距離がある。ということは……あいつが凄く大きいってことだよね？

「ダ、ダスティンさん」

とにかく知らせなきゃと思って発した言葉は、自分が思っている以上に震えていた。

「どうしたんだ？」

「あ、あれ……なんですか？」

私が指差した方向にチラッと視線を向けたダスティンさんは、駆け寄る獣を視界に入れたその瞬間、リューカ車を強引に止めた。

「うわっ」

「レーナ！　そこから絶対に動くな！」

ダスティンさんはそう叫ぶと、ひらりと身を翻《ひるがえ》して御者席から飛び降り、そうしている間に直近まで迫ってきていた巨大な何かに向けて、どこからか取り出したナイフを振るう。

ナイフは巨大な獣の角にぶつかり、なんとか突進の方向を変えることに成功したらしい。

「なぜブラックボアがここにいるんだ⁉」

聞こえてきたダスティンさんの叫び声で、この黒い獣の正体が分かった。ブラックボア、買い付けの時にクレールさんが教えてくれた魔物だ。確か土魔法と似た攻撃をしてくるって。

私がそう考えた瞬間に、ブラックボアの額付近にいくつかの石礫《いしつぶて》が生成されるのが見えた。

それがだんだんと大きくなり、ダスティンさんが表情に焦りを滲《にじ》ませる。

ど、どうしよう。助けないと！　でもどうすれば……混乱して私が動けないでいると、クレールさんが必死の形相で飛び込んできた。

「殿下っ‼」

クレールさんはダスティンさんとブラックボアの間に入り、両手に持ったナイフで石礫を弾いていく。凄い、凄いけど……殿下って、言った？

「クレール、時間を稼げ！　私が魔法で倒す！」

「かしこまりました！」

ダスティンさんの声に頷いたクレールさんは、どこから出てくるのか細長い針みたいな武器をブラックボアに飛ばし、その針は的確に目や首元などの急所を突いた。さらにナイフも着実にブラックボアを傷付けていく。

もう何がなんだか分からず、とにかく混乱して、２人の戦いを見つめているしかできない。

『水を司《つかさど》る精霊よ、我らが命を奪おうとするブラックボアの眉間に向け、ファルバンフィルの種が飛ぶように、ルノスの実を囲う堅氷がごとく硬い氷針を飛ばし給え』

ダスティンさんによる早口の呪文が聞こえてくると、氷の小さな槍が生成された。

それはブラックボア目がけてかなりの速度で飛んでいき——ブラックボアの眉間に、寸分の違いなく突き刺さる。ブラックボアは断末魔の叫び声をあげながら、その場に倒れ込んだ。

「さすが、素晴らしい腕前です」

「はぁ、少し焦ったな。クレール、援護助かった」

「いえ、遅れてしまって申し訳ございませんでした」

2人は勝利を喜び合うように穏やかに会話をしてるけど……ちょっと待って！　まだ私は全く事態が飲み込めてないんだけど!?　私は2人の会話に割って入るように、御者席から飛び降りた。少し足がジンジンと痺《しび》れたけど、そんなことを気にしている場合じゃない。

「お2人ともなんでそんなに強いんですか!?　ダスティンさんは凄い反応速度とナイフ捌《さば》きで、クレールさんはいくつもの武器を使いこなして、さらにダスティンさんの魔法の威力と精度は信じられないほどに高くて。そ、それに——殿下って、呼んでませんでしたか？」

緊張しつつ勢いのままにその質問をすると、ダスティンさんが「はぁ……」と大きく息を吐き出して、クレールさんを睨んだ。

「確かに呼んでいたな。クレール、どうしてくれる？」

「いや、あの……大変申し訳ございませんでした。焦ったら昔の呼び方が出てしまって……」

クレールさんはかなり反省しているのか、珍しく顔を俯かせた。昔の呼び方って……。

「ダスティンさんは、その……王子様、なんですか？」

「……その呼ばれ方は嫌だな。ただまあ、その通りだ。私の父は現国王だからな」

私はダスティンさんが肯定したのを見て、何を言えばいいのか見当もつかなかった。口をはくはくと動かすけど、声にならない。なんであそこで工房をやってるのか、他の人たちは知ってるのか、魔道具師っていうのは嘘なのか、色々と聞きたいことはあるけど……何よりも。

「申し訳ありませんでした！」

とにかく頭を下げた。だって王子様だなんて知らなかったんだ。今まで私がダスティンさんにしてきた所業の数々が思い浮かぶ。かなり不敬……だよね。

「なぜ謝る？」

「王子様であるダスティンさんに、色々とわがままを言ったり、ご迷惑をかけたりしたので」

そう伝えると、ダスティンさんはため息をついてから私の頭を少し乱暴に撫でた。

「気にしなくていい。私に対しては今まで通りに接してくれ。今の私はただのダスティンだ」

「……いいのですか？」

「ああ、構わない」

私はダスティンさんの表情を見て、これは本心から言ってるなと判断して頷いた。

「分かりました。ありがとうございます。……では遠慮なく聞きたいのですが、ダスティンさんは、なぜ魔道具師をやっているのでしょうか？」

「直球だな。……レーナ、この事実は絶対に秘密にして欲しい。守れるか？」

「……もちろんです」

ダスティンさんに真剣な表情で問いかけられ、私はしっかりと頷いて見せた。

こんな重大事項、絶対に誰にも言えないよね。下手に誰かに話して私のせいでダスティンさんに不利益があったら嫌だし、何よりも私の身の安全を保障できなさそうだ。

「分かった。では話そう」

「ダスティン様、よろしいのですか？」

「いい。レーナのことは信頼している」

私はダスティンさんのその言葉を聞いて、絶対にこの信頼を裏切らないと決意した。

「……かしこまりました。ダスティン様が決められたのでしたら、従います」

「クレール、ありがとう。レーナ、まず私は王子と言っても第二王子だ。それも正妃ではなく側妃の子なんだ。正妃と側妃という言葉は分かるか？」

「はい。ロペス商会で教えていただきました。国王陛下には側妃が2人いらっしゃるとか」

確か正妃に子供は2人いて、側妃にそれぞれ1人と3人、子供がいるんだったはずだ。

「合っている。私の母は第二妃でな、正妃に男児が産まれてから私は産まれた。正妃の子が第一王子で私は側妃の子で第二王子。どちらが王位を継ぐかは明白で、私が12歳になる頃まで問題はなかった。しかしレーナも知っていると思うが、私には魔法の才があったんだ。兄上はとても優秀な方なんだが、魔法の才にだけは恵まれなかった。そこで正妃は、私が王位の座を奪っていくかもしれないと思ったのだろう。私に対して当たりが強くなり、いつしか暗殺者まで送ってくるようになった」

本当にそういうことって、あるんだ。物語の世界の話を聞いてるみたいだ。王宮って怖い。

「最初こそ正妃に対して、私は王位を継ぐ意思はないと理解してもらうための努力を尽くしたのだが、あの人は少し感情の揺れが激しいところがあってな、受け入れてもらえなかった。そこで王宮にいるのが嫌になった私は、離宮に引きこもっている魔道具にしか興味がない第二王子になったんだ。ただ引きこもり生活は半年が限界で、たびたび隠れて市井《しせい》に降りるようになり、今では何年も王宮には帰っていない」

ダスティンさんはそこで言葉を切ると、「まあよくある話だ」と締め括った。

「大変ですね……あの、聞いていいのか分かりませんが、陛下は何をしているのでしょうか」

どうしてもその部分が気になって思わず聞いてしまうと、ダスティンさんは虚を突かれた表情をしてから、微苦笑を浮かべて口を開く。

「そこを聞いてくるのはさすがだな」

「すみません。さすがに不敬でしょうか……？」

「ここには私たちしかいないから問題はない。ただ王家への批判は口にしない方が賢明だ」

「分かりました」

私がすぐに頷くと、ダスティンさんは少しだけ口端を上げた。そして顎に手を当てて考え込むような仕草をしてから、ゆっくりと口を開く。

「父上は……しっかりとした人なんだ。ただ非情になりきれない部分があって、特に身内にはな。だから正妃を注意はしても、離宮に閉じ込めたり罰したりはできなかった。父上の口癖は『俺は王に向いていない』だったからな」

陛下ってそんな人だったんだ。今まで持っていた漠然としたイメージがガラッと変わった。俺についてこい！　的な人かと思ってたんだけど、もう少し弱気な……優しい国王なんだね。

「なぜそんな陛下が王位を継がれたのですか？」

「本当は父上の兄にあたる人物が継ぐ予定だったらしい。しかし父上が10代後半の頃に致死率の高い病が流行《はや》ったんだ。それで候補が父上しか残らなかったと聞いたことがある」

そんなことってあるんだ……やっぱりどんな世界でも病気は怖いね。家族皆が罹《かか》ったらと思うと、想像だけで指先が冷たくなる。

「父上はかなり抵抗したらしいんだが、結局は貴族たちに頼まれて断りきれなかったそうだ。だから兄上が仕事を覚えたら……たぶんあと数年で王位継承が行われるだろう」

「ということは、そうなればダスティンさんは王宮に戻れるのでしょうか？　あっ、でも第一王子殿下がダスティンさんを疎《うと》ましく思っていれば、結局はダメですよね」

「いや、兄上とは仲がいい。暴走しているのは正妃だけなんだ。兄上は王になったら正妃には父上と共に別荘地へ行ってもらうと言っていたし、私が戻っても問題はなくなる」

「そうなのですね……」

——それはいいこと、だよね。でもそうなれば、ダスティンさんがあの工房にいなくなってしまう。それはちょっと寂しいな。本当なら雲の上の人と知り合えただけでもラッキーだと思うべきなのかもしれないけど、これからもずっとあの工房で休日を過ごしたかった。

「難しい顔をしてどうしたんだ？」

「いえ、あの……ダスティンさんがあそこにいなくなったら、寂しいなと思いまして。あっ、きゅ、休日に行くところがなくなりますし」

途中で凄く恥ずかしいことを言ってるんじゃないかと気づいて慌てて付け足すと、ダスティンさんとクレールさんに生暖かい視線を向けられた。

「その時にならないと分からないが、王宮に戻ったとしても工房は続けたいと思っている。市井に降りてみて気づいたんだが、私には王宮の生活よりも今の生活の方が合っているからな。兄上には政務の補佐をして欲しいと言われているから、今みたいにずっと工房にいるわけにはいかないだろうが」

——そっか、ダスティンさんはいなくならないんだ。

私はその事実に対して予想以上に喜んでいる自分自身に、凄く驚いた。

「それならよかったです。これからもよろしくお願いします」

自然に浮かんだ笑顔のまま伝えると、ダスティンさんは珍しく優しい笑みを浮かべる。

「こちらこそよろしく頼む。ではそろそろ話は終わりにしよう。クレール、騎士は来ないようだし、ブラックボアを解体してくれ」

「かしこまりました。このことは王宮にて報告しておきます」

「そうだな。魔物の討ち漏らしは市民を危険に晒《さら》す。極力減らさなければならない」

クレールさんがナイフを取り出し迷わずブラックボアの解体を始めたのを見て、私はそういえばと気になっていることを質問してみた。

「クレールさんはダスティンさんのことを、なんて呼んでいるのですか？　ダスティン様と殿下って呼んでいたと思うのですが」

「しばらくは殿下とお呼びしておりました。しかしダスティン様が王位を継がれないことを示したいから名前で呼ぶようにと仰られて、それからはお名前で。さらに市井に降りている時は様も付けないようにということで、さん付けで呼ばせていただいております」

「そういうことだったんですね。クレールさんはダスティンさんの側近？　ですか？」

「侍従《じじゅう》です。ダスティン様が８歳の時に侍従見習い、そして数年で正式な侍従となりました」

身の回りの世話をする人は侍従っていうんだ。覚えておこう。それにしても既に10年以上の付き合いってなると、それは仲良いし信頼感も生まれるよね。

そういえば最初にクレールさんと会った時、私のことを睨んでたけど、あれは警戒してたからだったんだ。確かにダスティンさんが王子様だと思えば、あの反応にも納得できる。今回の遠征に付いてきたのも、王子様がよく分からない平民の子供と街の外に行こうとしてたら、心配するのは当然だ。

「クレール、肉は埋めておけ。毛皮などは持ち帰る」

「かしこまりました」

「レーナ、御者席に戻るぞ」

クレールさんのことを少し手伝えないかと思ったけど、あまりにも手際が良くて無駄のない動きを見て、手を出すだけ邪魔になるなと判断して素直に御者席へと戻った。しばらくクレールさんの技術に圧倒されていると、大きなブラックボアは綺麗に素材へと分けられる。

「ダスティンさん、お肉って食べられないのですか？」

「いや、普通に動物と同じように食べられる。ただ魔物の肉は基本的に硬くてあまり美味くないんだ。食べることはほとんどないな」

「そうなのですね」

綺麗で新鮮なお肉が埋められていく光景には、スラム時代の食事を思い出して勿体ないという気持ちが湧き上がる。でもリューカ車の中はいっぱいだし、持ち帰りたいとは言えない。

「完了いたしました」

「ありがとう。では急いで戻るぞ」

それからは大きな問題もなく街道を進んでいき、私たちは暗くなり始めた頃に王都に着いた。外門から街中に入ると、数日しか離れていなかった街の風景を懐かしく感じる。

「このままレーナの家に向かうのでいいか？」

「送ってくださるのですか？」

「もう暗いし、そこまで遠回りにはならないからな」

「ありがとうございます。ではよろしくお願いします」

「分かった」

明日はさすがに1日休んで、帰還の報告とお土産だけを渡しにロペス商会へ行こうかな。そして明後日からは仕事に復帰しよう。

「ダスティンさん、私の荷物はどうすればいいでしょうか？」

「そうだな……全て工房に下ろしておくので、あとで取りに来るといい」

「ありがとうございます。では明日のお昼過ぎにでも、受け取りに行きます」

「分かった。レーナが買った土産は布とメイカだな。その2つだけ別で置いておこう」

「よろしくお願いします」

そうして話をしていると、すぐ自宅の前にリューカ車が止まった。私は暗い中で慎重に御者席から降りて、辛うじて見えるダスティンさんとクレールさんに視線を向ける。

「数日間、本当にありがとうございました。とても楽しくていい経験になりました。ダスティンさん、これからもよろしくお願いします。クレールさんも、またお会いできたら嬉しいです」

その言葉に2人からの短いけど優しい返答が来て、私はとても満ち足りた気分で自宅に戻った。体は疲れているけど、足取りはとても軽かった。

自宅に戻るとお父さんに泣いて喜ばれ、お母さんとお兄ちゃんにはお土産話をせがまれ、楽しくも忙しい夜を過ごした。

次の日の昼頃。私は疲れが溜まっていたのか遅い時間に目覚め、リビングに向かった。するとそこには家族が準備してくれた朝食があり、その優しさに癒されながらテーブルにつく。

家庭の味が疲れた体に染み渡り、まだぼーっとしていた頭が覚醒《かくせい》した。

「美味しいなぁ」

朝食兼昼食を食べ終えて1杯の水を飲んでから、しっかりと戸締りをしてうちを出た。まずはダスティンさんのところに行って、次はロペス商会だ。

「ダスティンさん、こんにちは」

工房のドアを叩いて声をかけると、少ししてからドアが開かれた。中から出てきたダスティンさんは……酷い顔だ。

「……もしかして、寝てないのですか？」

「ああ、買ってきた素材を見ていたら研究をしたくなってな。ただそろそろ寝る」

「絶対に寝た方がいいですよ。クレールさんはもう帰ったんですか？」

「昨日すぐに帰した。あまり長く私の側にいるのはよくないんだ」

確かにそうだよね。クレールさんが頻繁に出入りしてたら、ダスティンさんがここにいるとバレる危険性が高まるだろう。だから今までほとんど会わなかったんだね。

「屋台で食事とか買ってきましょうか？　何も食べてないですよね？」

「……頼んでもいいだろうか」

「もちろんです。ちょっと待っててください」

私は工房に入らず回れ右をして、近くの市場に向かった。そして消化に良さそうな料理をいくつか買い込んで、両腕で抱えて工房に戻る。

「ダスティンさん、開けてもらえますか？」

今度はすぐにドアが開き、ダスティンさんは着替えたのかラフな室内着になっていた。部屋の中に入って、リビングのテーブルに買ってきたものを置く。

「これ、色々と買ってきました」

「ありがとう。これで足りるか？」

ダスティンさんは料理に視線を向けてから、寝ぼけた表情で私の手に金貨を1枚置いた。

「ちょっ、ダスティンさん！　多すぎます！　全部で小銀貨2枚ぐらいですよ」

慌てて金貨を返そうとすると、ダスティンさんは面倒そうな表情で首を横に振った。

「……気にしなくていい。買いに行ってくれた礼も込みだ」

そう言ったダスティンさんは、椅子に座って食事を始めてしまう。私はそんなダスティンさんの様子に金貨を返すのは諦めて、しっかりとお財布に仕舞った。

「ありがとうございます。このお金で、お土産でも買ってきますね」

そこでお金に関する話は終わり、私はリビングをぐるりと見回した。すると端にある台の上にメイカが載せられているのが目に入る。

「私の荷物、置いておいてくださってありがとうございます。ロペス商会にメイカを3つ運ぶんですけど……大きな鞄とかってあるでしょうか？」

「工房にいくつかあるから使うといい。布は工房のテーブルの上に置いてある」

「ありがとうございます。布は帰りに持っていきますね。そっちは自宅に運ぶので」

「分かった」

「あと1つのメイカはダスティンさんと一緒に食べようと思っていたので、もう少し置いておいてください」

そう伝えるとダスティンさんは僅かに瞳を見開き、嬉しそうに口元を緩めた。

「楽しみにしている」

その言葉に私も頬を緩めながら、ロペス商会に運ぶメイカを準備した。

肩にかけた鞄を両腕で抱えて工房をあとにし、ロペス商会の裏口から中に入る。するとちょうどジャックさんとニナさんが休憩時間だったようで、テーブルでお昼ご飯を食べていた。

「お久しぶりです」

そんな2人に声をかけると、2人ともすぐに食事を中断して私の近くまで来てくれた。

「レーナちゃん、帰ってきたのね」

「早かったな」

「昨日の夜に帰ってきました。買い付けがスムーズに終わって、予定を前倒ししたんです。ジャックさん、ちょっとこれ持ってもらってもいい？　凄く重くて……」

予想以上に重かったメイカ3つに腕が痺れていたので助けを求めると、ジャックさんは軽く鞄を持ち上げてくれた。

「おおっ、結構重いな」

「ありがとう。助かったよ」

解放された両腕を軽く振ると、一気に血が巡るような感覚がある。

「何が入ってるんだ？」

「皆へのお土産だよ。メイカって果物なんだけど……知ってますか？」

ニナさんとジャックさん、2人に問いかけるようにすると、2人とも首を横に振った。

「メイカ……聞いたことないわね」

「俺もだな」

ジャックさんが鞄を置いてメイカを1つ取り出すと、ニナさんが興味深げに顔を近づけた。

「本当に見たこともないわ。質感は……ツルツルしていて気持ちいいわね」

「匂いはあんまりしないな」

本当に王都には流通してないんだね。これはいいお土産になったかも。

「2つは皆さんで分けて食べてもらおうと思っていて、1つはギャスパー様に持っていきます」

メイカを楽しげに眺めているジャックさんとニナさんに声をかけると、珍しい果物を食べられるということで2人の表情が明るくなった。

「ありがとう。食べるのが楽しみだわ」

「レーナは食べてみたのか?」

「ううん。試食はなくて、まだ食べられてないんだ」

「そうなのか。じゃあギャスパー様のところに持っていく前に試食するか？　せっかくだから、ギャスパー様にもすぐ食べられるようにして持っていけば喜ばれると思うぞ」

確かに……その方がいいかも。私は早くメイカを食べてみたいという気持ちもあり、ジャックさんの言葉に乗った。ニナさんが休憩室に置かれているナイフを準備してくれて、ジャックさんがメイカを大きめの木の板に載せる。

「どうやって切るんだ?」

「皮ごと食べやすいサイズに切り分けて、中身だけを食べるんだって」

食べ方を軽く聞いた限りでは、スイカやメロンのような果物なのかなという印象だ。ただ皮の見た目はレモンみたいな黄色で、味の想像は全くつかない。

「まずは半分に切ってみるか」

「気をつけてね」

ジャックさんはメイカにナイフを少しだけ刺し入れ、両手で上から力を入れた。すると思いのほか綺麗にメイカは半分に切られ……中から顔を出したのは、真っ赤な果肉だった。

「鮮やかな色だな」

「カミュみたいだわ」

ニナさんはブドウに似た味がするカミュのような味を想像したみたいだけど、私の頭の中に思い浮かんだのはスイカだ。タネはないからちょっと違うかもしれないけど、瑞々しい感じとか果肉の少しざらざらしてそうな感じ。その辺が私の記憶にあるスイカと一致する。

「とりあえず、適当に切ってくぞ」

ジャックさんが大きなメイカを数十に分けてくれて、私たちは小さなメイカを手にした。

「では食べてみましょうか」

ニナさんのその言葉をきっかけにメイカを口に運び……私はその味に、その香りに、その食感に、思わず涙がこぼれそうになった。

これ、本当にスイカだ。スイカとそっくりだ。日本の夏を思い出すな……凄く懐かしい。この世界にも日本にあったものと、ここまで似ているものがあるなんて。

「美味しいわね」

「これはいいな。俺はかなり好きだぞ」

「……私もとても好きな味です。瑞々しくて甘くて美味しいです」

「ギャスパー様は確実に喜ばれるわ」

メイカを食べるためだけにあの街に行きたいぐらいだ。王都でも手に入ったらいいのに。

「ギャスパー様に渡してきますね。他の方にもぜひ食べてくださいと伝えてもらえますか？」

「ええ、もちろんよ」

私はお皿に載せたいくつかのメイカと丸々1つのメイカを抱え、休憩室を出て商会長室に向かった。ドアに来客中などの札が掛かってないことを確認してから、ノックをする。

「失礼いたします。レーナです。ただいま戻りました」

部屋の中に入って挨拶をすると、ギャスパー様はにこやかに迎え入れてくれて、わざわざ執務机から立ち上がってメイカを受け取ってくれた。

「ありがとうございます」

「いいんだよ。これは果物かい？」

「はい。お土産として買ってきました。よろしければ受け取っていただけますか？」

「もちろんだよ。ありがとう。知らない果物だなんて嬉しいな」

ギャスパー様は表情を楽しげなものに変えて、メイカを観察しながらソファーに腰掛ける。

「レーナも座るといい」

「ありがとうございます」

「この果物はなんて名前なのかな？」

「メイカという名前らしいです。染料を育てている畑で空いている期間に育てるのが伝統らしく、果実は食用に、乾燥させた根や葉は畑に混ぜ込むそうです」

私の説明を聞いて、ギャスパー様は興味深げな表情で近くにあった端紙にメモをした。

「こちらが先ほどジャックさんが切り分けてくれたメイカです。皮は食べず、中の果肉だけをお召し上がりください」

フォークも一緒に手渡すと、ギャスパー様はさっそく1つのメイカを口に運んだ。数回咀嚼してから、口元を綻ばせる。

「これはとても美味しいね。似たような果物があまりないし、王都でも十分人気になりそうだ」

「私もメイカには可能性があると思います。あの街以外で栽培はされていないのでしょうか」

「少なくとも私が知っている限りではないかな。栽培が難しかったりするのかい？」

「いえ、そのような様子はありませんでした。どちらかといえば、畑が空いている期間で気軽に育てているという感じで」

ただ可能性があるとすれば、あの街で育てている染料となる植物と相性がいい場合だ。メイカの生育にその植物が大きく関わっている場合、別の畑でメイカを育てても簡単には育たないのかもしれない。

「ふむ、興味深いね。少し私の方でも調べてみるよ。商会で取り扱えそうなら、少量から試しに仕入れてみよう。レーナ、とても素敵な土産をありがとう」

「ギャスパー様が私を快く送り出してくださったからです。こちらこそ本当にありがとうございました。お陰様でとても貴重な経験を積むことができました」

その言葉にギャスパー様は優しい笑みを浮かべ、魔物素材の臨時市場の様子について、詳しいことを教えて欲しいとペンを握った。

それから私はダスティンさんの素性に関すること以外、今回の旅で得た知識を全てギャスパー様に伝え、話し疲れた頃にロペス商会をあとにした。

「このあとは……まだダスティンさんが起きてたら、一緒にメイカを楽しもうかな」

商会を出たところでそう呟き、ダスティンさんの工房に向かう。私の心はなんだか楽しく弾んでいて、足取りはとても軽かった。

外伝　迷子のミューと突然の告白

　ある日の休日。いつものようにダスティンさんの工房を訪れると、珍しくダスティンさんが外出着に身を包んでいた。

「あれ、今日はどうしたのですか？」

　何か予定があったのだろうかと問いかけると、ダスティンさんは1枚の紙を私に差し出す。

「今日は魔道具研究に使う諸々の素材が不足しているため、ここに書かれたものを買いに行く予定なのだ。レーナが来るかと思って待っていたが、一緒に行くか？」

　その問いかけに、私は「行きます！」とすぐに答えた。

　紙に書かれていたのは金属類や木材、布類など多様な素材で、買い物に行くのはとても楽しそうだったのだ。こういうものがどこに売ってるのか、今まで知る機会はなかった。

「分かった。ではそのまま出かけるのでいいか？」

「はい、大丈夫です」

　そうして私は工房に少しだけ寄って、すぐにダスティンさんと買い物に出かけた。

「まずはどこから向かうのですか？」

いつもとは違う方向に歩いていくダスティンさんに続きながら、周囲を見回しつつ問いかける。こっちにはあんまり来たことがないから新鮮だ。

「最初は鍛冶屋《かじ》だな。贔屓のところがあり、いつも金属板や釘などを買っているのだ」

「おおっ、鍛冶屋なんて初めて行きます。剣とかも作っているのでしょうか？」

期待しつつ質問をすると、ダスティンさんに胡乱げな瞳を向けられた。

「そんなものを、平民街の鍛冶屋が作るわけがないだろう？　顧客がいないのだからな」

「……確かにそうですね」

言われてみればそうだよね。ここはファンタジー世界だけど、誰でも武器を持って生活してるような国じゃない。武器を持ってるのは、兵士や騎士だけだ。

「剣など武具を作っているのは、騎士団や貴族御用達の鍛冶屋だけだろう。武器の製造には許可も必要だからな。平民街の鍛冶屋では、せいぜいナイフ程度だ」

ちょっと夢がないけど、これが普通だよね。力のない私としては、ありがたく思わないと。誰でも武器を持てる世界だったら、怖くて1人で外を歩くのも大変だったはずだ。

「鍛冶屋で直接買うナイフは、切れ味がよかったりするのでしょうか」

うちで使ってる調理用ナイフの切れ味が悪いことを思い出して問いかけると、ダスティンさんは少しだけ考えてからゆっくりと頷いた。

「いいものを買える可能性は高いはずだ。欲しいのなら頼んでもいいぞ」

「本当ですか？　では1つ頼みたいです」

「分かった」

そんな話をしていると、だんだんと街の様子が変わってきた。さっきまでは基本的に住宅街という感じだったけど、この辺には工房がたくさんあるらしい。

「あそこだ」

ダスティンさんが指差した先には、結構年季の入った工房が建っていた。しかし古いながらも大きな建物で、隣には小さなお店も併設している。中からはトンカンと何かを作っているような音が絶え間なく聞こえてきて、少し心が浮き立った。

「お店ではなく工房に入るのですか？」

「ああ、いつも特注で頼んでいるからな」

そう言ったダスティンさんが工房に続く扉を開くと、ぶわっと熱気が頬を撫でた。さらに聞こえていた様々な音が、一気に大きくなる。圧倒されるね……。

「失礼する」

ダスティンさんに続いて中に入ると、入ってすぐの場所には、一応カウンターのようなものがあった。こっちに来るお客さんも結構いるってことなのかな。

「おっ、ダスティンさんじゃねぇか！　また特注か！」

カウンターの近くで作業をしていた男性が、ダスティンさんに気づいて人好きのする笑みで立ち上がった。かなりガタイが良く、40代ぐらいに見える男性だ。筋肉が盛り上がり汗でテカっている様子は、ジャックさんやダスティンさんとは違ったかっこよさがある。

「ああ、いつもと同じものを頼みたい」

「分かったぜ。ちょっと待っててな」

男性は作業を中断するとカウンターに来て、1枚の紙を取り出した。紙を使うってことは、仕事に必要なだけの文字の読み書きはできるんだね。

「ここにいつものように注文を書いてくれ」

「分かった。今回はいつもより少し多めに頼みたいのだがいいか？」

「もちろんだ」

そうして2人が話しているのを後ろで聞いていると、男性の視線が私に移る。

「嬢ちゃんは初めてだな。ダスティンさんの連れか？」

「はい。レーナです」

「随分と可愛い子だなぁ。嬢ちゃんは何か頼むのか？」

「あっ、できればナイフを1つ頼みたくて……うちで使ってる料理用ナイフが、買ったばかりなのに切れ味が悪くて」

そう伝えると、男性は申し訳なさそうに眉を下げた。

「それは粗悪品を掴まされたんだな。たまにいるんだよなぁ。質の悪いやつを売って儲けようとする同業者が。よしっ、嬢ちゃんには俺が最高に使いやすいナイフを作ってやるよ」

「ありがとうございます」

ニカッと人好きのする笑みでそう言ってくれた男性に、私も笑顔で感謝を伝えた。この人、凄くいい人だね……ダスティンさんが贔屓にするのも分かる。

「レーナ、私と一緒に注文しておくのでいいか？」

「はい。ダスティンさんがよければ」

「私は構わない。ではここに書いておく」

そうして私たちは全ての注文を終えて、男性に見送られながら工房をあとにした。料金は概算を前払いで、足りない分を商品が届いた時に払うそうだ。

工房を出たところで、ダスティンさんは次の行き先を告げた。

「次は材木屋に向かう」

「分かりました。ここから近いんですか？」

「ああ、そこの角を曲がって……」

そう言ってダスティンさんが歩き出してすぐ、私の耳に何かの鳴き声が届いた。

「……ミ、ミュー……」

弱々しい鳴き声は、近くから聞こえているようだ。咄嗟《とっさ》に周囲を見回すと、すぐ側にあった細い路地に、小さなミューが蹲《うずくま》ってるのが見えた。

「ダスティンさん！」

私はすぐにダスティンさんを呼んで、ミューに駆け寄る。するとミューは人慣れしているようで、私に体を寄せてきた。

「どうしたんだ？」

「ミューが路地に蹲ってて……首輪をしてます」

「どこかの家で飼っているミューだな。家から出て帰れなくなったんだろう」

ミューはいつからここにいるのか分からないけど、僅かに震えていて、あまり元気もないようだった。その様子に私は自分の上着を脱いで、それで包むようにしてミューを抱き上げる。

ミューはなんの抵抗もなく、私の腕の中に収まってくれた。小さなミューはとても可愛い。

「ダスティンさん、この子の飼い主を見つけてあげませんか？」

懇願するようにダスティンさんの顔を見上げると、悩むことなくすぐに頷いてくれた。

「そうだな。そこまで遠くへ来ているとは考えにくいから、この辺りで飼い主を探そう」

その言葉を聞いて、私は安心して頬が緩む。

「ダスティンさん、ありがとうございます」

「放っておくことはできないからな」

やっぱりダスティンさんって、優しい人だよね。

「首輪に情報は書かれていないか？」

そう聞かれて首輪をしっかり見てみると、そこには小さなタグがついていた。そしてこの子の名前なのだろう、文字が彫られている。

「チビって名前らしいです」

「……安直だな」

「ふふっ、でもこの子は小さいので、ぴったりだと思います。――チビ？」

「ミュー！」

名前を呼んでみると、さっきまでよりも力強く鳴いてくれた。やっぱりこれが名前で合ってるみたいだ。

「飼い主を間違えないよう、飼い主だという者がいたら、名前を聞くことにしよう」

「そうですね。すぐに名前を答えられたら、その人にチビを返しましょう」

そう決めた私たちは、人が多くいるところに行こうと、まずは近くにある市場を目指した。

抱き上げているチビが本当に可愛くて、頬が緩み切ってしまう。瀬名風花として生きていた日本では、実家で小型犬を飼ってたんだよね……あの子を思い出してしまう。

やっぱりペットって可愛い。私も余裕ができたらミューを飼いたいな。

「レーナはミューが好きなのか？」

「はい。とっても可愛いですから」

「……確かにな」

そう答えたダスティンさんの声音が思った以上に柔らかく、思わずダスティンさんの顔を見上げた。するとダスティンさんの表情は、今まで見たことがないほどに優しく緩んでいる。

そのことに驚いて私が瞳を見開くと、ダスティンさんは僅かに頬を赤らめた。

「ダスティンさんも、ミューが好きなんですね」

「……嫌いではない」

「ふふっ、そうなんですね。ダスティンさんもこの子を抱っこしますか？」

「いや、そこで落ち着いているようだから、そのままがいいだろう」

ダスティンさんはそう答えると、チビの体を優しく撫でた。チビはダスティンさんも自分に害がない人と分かっているのか、素直に撫でられている。

そうして歩いていると、市場に到着した。

「おお、ここの市場は人が多いですね」

「本当だな。あまり来たことがなかったが、賑わっているようだ。これなら飼い主を知っている者もいるかもしれない」

「お店の人にでも聞いてみましょうか。もしかしたら飼い主も、この市場でこの子を探していたかもしれませんし」

まずは市場の入り口にあった道具屋に向かうと、店主のお兄さんは笑顔で対応してくれた。

「いらっしゃい！」

「あの、ちょっと聞きたいことがあって、ミューを探してる人を知りませんか？」

そう聞きながら腕の中のチビを見せると、お兄さんはすぐに事情を察してくれる。

「迷子か？」

「はい。近くの路地で見つけて」

「そうか……俺に心当たりはないなぁ。知り合いにミューを飼ってる人もいないし」

収穫なしみたいだ。まあ、そんなにすぐ解決するわけないよね。

「そうですか。ありがとうございます」

「いや、役に立てなくて悪いな。他の店の人なら知ってるかもしれないし、もう少し中で聞いてみるといい」

「はい、そうしてみます」

お兄さんに手を振って市場の中に入ると、ダスティンさんが周囲を見回して口を開いた。

「これは1日がかりかもしれないな……」

「ですね……これって今日中に飼い主が見つからなかったら、どうするんですか？」

「その場合は兵士に引き渡すこともできるが、兵士は他の仕事で忙しい。迷子のミューは野生に放って終わりだろうな」

野生に放ってって、街の外に出すってこと？　そんなことを聞かされたら、兵士になんて引き渡せない。

「……役所とかは」

「役所でミューを預かってくれることはないだろうが、私たちが預かった上で、ミューの飼い主を探すチラシなどを掲示してもらうことはできるかもしれないな」

「じゃあ、最悪はそっちにしましょう」

ダスティンさんが預かってくれるならありがたいけど、それが無理でもうちでなんとか預かれる。確かあの部屋は動物を飼ってもいいって、前に管理人さんが言ってたはずだ。

でも早く飼い主を見つけてあげるのが一番だよね。

「分かった。では聞き込みを続けるぞ」

それから私たちはしばらく市場を回って、飼い主を知らないか聞き込みを続けたけど、なんの成果もあげられなかった。

そこかしこのお店からいい匂いがしてくるし、ちょっとお腹が空いてきたな……そんなことを考えていると、ダスティンさんがそれに気づいたかのように1つの屋台を示す。

「あそこで聞き込みついでに昼食としよう」

その屋台はラスート包みを売ってる屋台で、私は迷うことなく頷いた。

「そうしましょう。……あっ、この子もお腹が空いたでしょうか」

「そうだな。ミューには果物でも買おう」

「分かりました。喜びそうですね」

私たちはまずラスート包みを注文して、私がその場で出来上がりを待つ間に、ダスティンさんが近くのお店でベルリを買ってきてくれた。

外側は水色で中の果肉は真っ白という色合いながら、味はイチゴにかなり近い果物だ。日本で食べた記憶があるイチゴよりも酸味が強いけど、それでも凄く美味しい。ベルリならこのまま食べられるし、体の小さなチビにはいくつか食べたらちょうどいい量かな。

「向こうにベンチがあったから、そこで食べるぞ」

「分かりました」

ベンチに座って膝の上にチビを置くと、ずっと抱っこされていたチビも少し疲れたのか、「くぅ～」と可愛い声をあげて伸びをした。

そんなチビにベルリを1つ差し出すと、クンクンと匂いを嗅いでからパクッと頬張る。

「ミュー！」

気に入ったみたいだ。本当に可愛いなぁ。

「レーナもラスート包みを食べないと冷えるぞ」

「あっ、そうでした。食べます」

チビの可愛さに自分の食事を忘れていた私は、慌ててラスート包みにかぶりついた。まだ温かさが残っていて、お肉は焼き加減が抜群でふっくらと柔らかく、最高に美味しい。

「ここのラスート包み、美味しいですね。お肉の柔らかさとソースの味が絶品です」

「ああ、また買いに来るのもありだな」

ダスティンさんはそう答えつつ、ベルリを1つ手に取ってチビに差し出した。チビがそれを口にすると、ダスティンさんの口元が僅かに緩む。

「そういえば、ミュー用のご飯とかって売ってるんですか？」

日本にあったドッグフードを思い浮かべながら尋ねると、ダスティンさんは首を傾げた。

「ミュー用というのは、ミューのために作られたということか？」

「はい。飼われてるミューは何を食べてるのかなって」

「そういう専用の食事があるという話は聞いたことがないな……ミューは雑食でなんでも食べるからな。ただ貴族に飼われているミューには、専属の料理人がついていたりするらしい」

専属の料理人！　さすが貴族、そんなところまで平民とは違うんだね。

「じゃあ、私たちが食べてるものと同じものを食べるんですね」

「そうだろう」

そんな話をしながら食事は終わり、チビも満足した様子で私の上着の中に丸まったので、私たちはまた飼い主探しを再開しようとベンチから立ち上がった。

そして次はどこに聞き込みをしようかと、辺りを見回すと——

遠くから誰かに呼びかけられるような声が聞こえた。

「今誰かが……」

「そこのベンチにいる人！」

今度ははっきりと声が聞こえ、私は後ろを振り返った。するとそこには、私と同い年ぐらいの男の子がいる。

「はぁ、はぁ、はぁ」

男の子はずっと走っていたのか息も絶え絶えで、顔には汗が滲んでいた。

「大丈夫？」

「そ、そのミュー！　チビじゃないか!?」

少しだけ息を整えた男の子は、ガバッと顔を上げるとチビの名前を呼んだ。もしかして、この子が飼い主？

「この子はさっき路地に1人でいたの。あなたが飼ってるミュー？」

「たぶんそうだ。いや、絶対そうだと思う！　チビ、おいで」

男の子がチビを呼ぶと、チビは今までにないほど尻尾を激しく振って、私の腕の中から男の子の下へ行こうと体を動かした。私がそれに従うと、チビは男の子の腕の中に収まる。抱き上げられたチビは、男の子の頬をペロペロと舐めていた。

「ははっ、チビ、くすぐったいよ」

その光景にほっこりしながらダスティンさんを見上げると、ダスティンさんはゆっくりと頷いてくれた。この男の子が飼い主で間違いないってことだよね。

「チビを助けてくれて本当にありがとな！　俺はルイって言うんだ。あんたの名前は……」

ルイと名乗った男の子が初めてチビではなく私にしっかりと視線を向けると、なぜか瞳を見開いて固まった。その様子を不思議に思いながらも、私も名前を名乗る。

「私はレーナ。こっちはダスティンさんだよ」

名乗ってもルイが固まったままなので、目の前で手を振ってみた。

「大丈夫……？」

すると次の瞬間、ガシッと手首を取られる。そして顔をずいっと近づけられると——

「めっちゃ可愛いな！」

無邪気な笑顔でそう言われた。私はあまりにも突然のことに、照れることもできず、ただ固まることしかできない。

「えっと……」

初対面の異性を可愛いって褒めるのは普通だっけ？　いや、普通じゃないよね？　あれ、挨拶の延長？　ぐるぐると混乱して頭の中で思考を巡らせていると、またルイが口を開いた。

「レーナ、俺の彼女にならないか！」

——え？

ダメだ、もう頭が働かない。もしかして私、告白された？　でもあまりにも突然すぎて、嬉しいとか恥ずかしいとかは全くなく、ただただ困惑が勝つ。

「……初対面だよね？」

「おう、そうだな」

「それで彼女……？」

「一目惚れしたんだ！　それにチビを見つけてくれたいいやつだしな」

おぉ……それだけで告白。今の子供ってこんな感じなの？　それともルイが特別？　とりあえず、全くついていけないんだけど！

「えっと……」

とにかく断ろうと思って口を開きかけたその時、ルイを追いかけるような形で男性が私たちの下に駆けてきた。

「おいっ、ルイ！　突然1人で走り出すなって何度言ったら……あれ、レーナ？　なんでルイと一緒にいるんだ？」

「ジャックさん？」

ルイを追ってきたのは、ジャックさんだった。もしかして、2人って知り合いなの？

私はますます混乱して、とりあえずダスティンさんの横に下がった。そしてダスティンさんを見上げ、色々とお任せすることにする。

もう私は無理です。ダスティンさん、ジャックさんに説明してください。

そんな気持ちを込めて見つめると、ダスティンさんは嫌そうな表情で私を見下ろしたけど、小さくため息をつくと一歩前に出てくれた。ダスティンさん、ありがとうございます！

「店の外で会うのは初めてだな」

ダスティンさんのその言葉に、ジャックさんはハッとお店に出てる時のように姿勢を正した。

「ダスティン様、こんなところで会うとは偶然ですね」

「そうかしこまらなくていい。今の私は商会の客ではないし、君も休日なのだろう？」

「……ありがとうございます。それにしても、なぜルイと一緒に？」

「そのチビが理由だ。私たちが保護をして、飼い主を探していた」

その言葉で大体の流れを察したのか、ジャックさんは納得の表情で頷いた。

「チビを保護してくれたんですね。ありがとうございます。ほらルイ、礼は言ったか？」

「もちろんだ！」

「ジャックさん、ルイはジャックさんの……知り合い？」

少しだけ混乱が収まった私が問いかけると、ジャックさんはルイの頭を少し雑に撫でながら言った。

「ルイは兄貴の子なんだ。今日は休みで実家に帰ったら兄貴とルイがいて、兄貴んちで飼ってるチビを見失ったって言うから、一緒に探してた」

「じゃあ甥《おい》っ子なんだ。……あれ、でもジャックさんの休みって今日じゃなかったよね？」

「ああ、休みを交換したんだ。あいつがどうしても彼女と休みを合わせたいって言うからな」

苦笑を浮かべたジャックさんの言うあいつとは、私と休みが被ってる商会員のことだろう。

休みの日はいつも彼女とのデートに忙しいって、よく惚気《のろけ》を話している。

「レーナって、ジャックおじさんと同じところで働いてんのか？」

私とジャックさんが話をしていると、ルイがそう言って首を傾げた。

「ああ、そうだぞ。レーナはこの歳にして優秀なんだ」

「そうなのか。すげぇな！」

ルイはキラキラとした瞳で私のことを見つめてくる。その素直な眼差しは子供らしくていいけど……さっきこの子、私に告白してきたんだよね。あれは幻聴だったのかなと思い始めたところで、チビをジャックさんに渡したルイが、私の手を取った。

「それならいつでも連絡取れるよな！」

そして嬉しそうな笑顔でそう告げる。そう純粋な瞳で言われると、否定しづらい。

「なんだ、もう友達になったのか？」

「ジャックおじさん違うぜ。レーナは俺の彼女になる予定だ！」

ルイの宣言に、ジャックさんは瞳をぐわっと見開いて叫んだ。

「はぁ!?　そ、それどういうことだよ！」

「どういうことって、そのまんまだぜ」

ジャックさんは理解不能だという表情で、私に視線を向けてきた。いや、私に説明を求められても、凄く困るんだけど……。

「えっと……ルイは私に一目惚れ？　したらしくて、彼女になって欲しいと言われた？　みたい、です」

　自分のことだけどつい疑問系で説明すると、ジャックさんは大きくため息をついた。

「なんかレーナ、ごめんな。こいつ妙にチャラチャラしてるから」

「俺はチャラチャラなんてしてないぞ！　可愛い女の子がいたら、彼女になって欲しいと思うのは普通だろ？」

「それが普通じゃねぇんだよ。はぁ……誰に似てこうなったんだか」

　ジャックさんはルイの頭を握り拳でぐりぐりすると、疲れた様子でため息をついた。そして理由に思い至ったのか、遠い目で呟く。

「……兄貴だな」

　ジャックさんのお兄さんは、女性をすぐに口説くタイプなんだね……ジャックさんは恋愛に興味ないって感じだから、兄弟間の違いが不思議だ。

「とにかく、チビも見つけたことだし帰るぞ。皆もチビのことを心配してるんだから」

「え～」

　話を無理やり変えるようにジャックさんがそう告げると、ルイは不満気に唇を尖らせながらも、チビを家に帰らせてあげたいとは思っているのか悩む様子を見せた。

「それはそうだけど……」

視線を俯かせてすぐには頷かず、少ししてからガバッと明るい表情で顔を上げた。

「分かった！　じゃあレーナ、チビを家に送り届けてからここに戻ってくるから、そのあとで遊ぼうぜ。一度ぐらい遊ばないと相性も分かんないもんな！」

晴れやかな笑顔でそう言ったルイに、私はどう返事をすればいいのか分からない。私は前世も合わせたら長く生きてるけど、恋愛スキルは全然ないんだよ……！

「ルイ、レーナたちにも予定があるんだから、突然誘ったら迷惑だろ？」

「あっ、そうか。何か予定があるのか？」

「う、うん。ダスティンさんと、色々と買い物に来てたから」

「それは俺たちがチビを家に届けてる間に終わらないのか？」

ルイにそう聞かれて私がダスティンさんを見上げると、ダスティンさんは簡潔に言った。

「終わるだろう」

ダスティンさん、そこはどのぐらいかかるのか判断が難しいとか言って、とりあえず私に考える時間を確保してください……！

内心でそう叫んだけど、もうダスティンさんの言葉はルイに届いている。

「そうか！　じゃあまたここに集まって、一緒に遊ぼうぜ！」

「……わ、分かった。でもあの、ジャックさんとダスティンさんも一緒にね。皆で夜ご飯を食べに行くのはどう？」

ここまで言われて断るのは可哀想だし、かと言って押せ押せのルイと2人きりは大変そうだと思って、2人を巻き込むことにした。

「う〜ん、まあいいか。分かった、じゃあ夜ご飯な！」

ルイは笑顔で頷くと、今度はジャックさんに早く帰ろうと急《せ》かしている。

「分かったから待てって。じゃあレーナ、また夜な。ダスティンさんも巻き込んですみません」

「……いや、問題ない」

僅かな間が気になるけど、一応ダスティンさんがそう答えたところで、ルイとジャックさんは雑踏に消えていった。

とりあえず返事をするのは先延ばしになったけど、夜までにどうやって断るのか考えておかないと。ルイがどうとかじゃなくて、さすがに私は同年代の子供を恋愛対象には見られない。

「ダスティンさん、なんかすみません。夜に予定はありませんでしたか？」

2人が完全に見えなくなったところでそう聞くと、ダスティンさんは「ふぅ」と息を吐き出してから答えてくれた。

「大丈夫だ。それよりも、元気な子供だったな」

「本当ですね……一目惚れだなんて驚きました」

「まあ確かに、レーナの容姿は整っているからな」

「分かります。無駄に整ってるんですよね……」

思わず客観的にそう述べてしまい、ダスティンさんが黙ったことで、ここは謙遜するべきだったかと思い至った。

「あ、あの、昔からよく整ってると言われてたのでつい」

苦し紛れの言い訳をしながらダスティンさんを見上げると、私のことをじっと見つめる瞳と視線が絡まった。

「あの子供と接したことで改めて実感したが、レーナは本当に子供らしくないな。レーナぐらいの年頃であれば、ああして容姿を褒められたら嬉しさが滲み出るものではないか？」

「……そう、なんですかね」

私に子供らしさを求めないでください……もう成人してる瀬名風花の人格が強いんです！

「ス、スラム育ちだからかもしれませんね。スラムでは子供も必死に働かなければ生きていけませんから……」

不自然に思われた時の伝家の宝刀、スラム育ちを繰り出すと、ダスティンさんはなんとか納得してくれたようだった。

「それもそうか」

はぁ……よかった。やっぱり子供と絡むと私の不自然さが浮き彫りになりやすいから、できれば絡みたくないんだよね。

前世を思い出す前からの友達である、エミリーやフィル、ハイノは別として。

「それで、レーナはあの子供と付き合うのか？」

「え⁉　ない、ないです」

付き合う可能性があると思われてることが衝撃で、思わず大きな声を出してしまった。

「そうなのか？　しかし素直でいい子そうではあったと思うぞ。うるさかったが」

「……確かにそうかもしれませんね。でも私は、今は恋愛に興味がないんです」

「そうか」

ダスティンさんは一言そう告げると、納得してくれたのか市場の出口に向かって歩き出した。

「では早く予定を済ませてしまおう」

「は、はい！」


急いで買い物を済ませて工房に戻り、持ち帰ってきたものを全て片付けたところで、もう夕方と言ってもいい時間だった。

「そろそろ市場に戻る頃だな」

「そうですね。市場に行く前に、お母さんとお父さんのところに寄ってもいいですか？　夜ご飯は外で食べることを伝えたくて」

「もちろん構わない。では行こう」

それから2人のところに寄り道をして、日が沈み始めた頃に約束の市場へと戻った。するとベンチにはすでに、ジャックさんとルイが座って待っている。

「あっ、レーナ！」

ルイは私たちに気づくと、嬉しそうに立ち上がって手を振ってくれた。それに私が振り返すと、ニカッと爽やかな笑みを見せる。ルイ、全く悪い子じゃないんだよね……あの嬉しそうな笑顔を見てると、断ることへの罪悪感が湧いてくる。

「ルイ、ジャックさん、待った？」

「いや、俺らもさっき来たところだ！　じゃあさっそく行こうぜ」

「どこに行くんだ？」

ダスティンさんがそう聞くと、ジャックさんがある方向を指差して言った。

「向こうに俺たち家族がよく行く店があって、そこでいいですか？」

「自分で肉を焼くんだぜ！」

自分で焼くってことは、焼肉屋みたいな感じなのかな。それはかなり興味あるかも……レーナになってから食堂はいくつか行ったけど、焼肉は経験がない。

「ほう、それはいいな。では案内を頼む」

そうして私たちは４人でお店に向かった。お店は市場から結構近い場所にあり、路地裏にあるこぢんまりとしたお店だ。

「いらっしゃい！」

中に入ると恰幅《かっぷく》のいい女性が迎えてくれて、すぐにテーブル席へと通される。メニューは壁に掛かっている木札で、そこから好きなものを選ぶらしい。

肉の部位と味付け、それから野菜や果物も焼けるそうだ。甘い果物を焼いたのって……美味しいのかな。焼こうと思ったことがないから味のイメージができない。でもジャムみたいな感じだと思えば、デザートとしては美味しいよね。

「何を頼む？　俺のおすすめはハルーツのヒレのタレだな」

ハルーツのヒレというのは牛肉のようなお肉なので、牛肉のタレってことだ。やっぱり焼肉には牛肉、それもタレが美味しいよね。

「私もそれがいいな」

「分かった。ダスティンさんはどうします？」

「そうだな……私はハルーツの胸肉が好きだ。味付けはソルがいいな。それから珍しい肉も1つぐらい……リートをタレでいこう」

胸肉は鶏肉に似てるので、ダスティンさんは鶏肉の塩味が好みみたいだ。確かにさっぱりしてて美味しいよね。そしてリートは猪みたいな動物。スラムではたまに食べてたけど、こういうところでちゃんと処理されたものはもっと美味しいのかな。

「おおっ、リートいいですね。ルイはどうする？」

「俺はハルーツのもも肉だな。もちろんタレだ！」

「お前はいつもそれだな」

ハルーツのもも肉は豚肉に似てる部位。子供って豚肉が好きなこと多いよね……これって私の周りだけなのかな。

「じゃあその4種類で、あとは適当に野菜も頼むか」

「ジャックさん、あとラスタもね」

焼肉には絶対に必要だよね、白米！　私は焼肉のタレだけで白米1杯いけるほど、白米好きだったのだ。焼肉にはラスタなしは考えられない。

「分かった。他の皆はラスタは食べるか？」

「俺は食べるぞ」

「私も食べよう」

「じゃあラスタは3つだな。俺はラスートの薄焼きを頼むか」

そうして注文を決めたところで、ジャックさんが店員さんを呼んだ。そして注文してからすぐに、次々と肉が運ばれてくる。

それを焼いてくれるのは、ジャックさんだ。ルイも張り切って肉を網に載せてくれている。

「レーナのは俺が焼いてあげるな！」

「ありがとう。ルイはお肉が好きなの？」

「おうっ、特にこの店のは美味いんだ」

結構火力が強めなのか、薄切りなのか分からないけど、肉はすぐに焼き上がって私のラスタの上に載せられた。

「ありがとう。じゃあいただくね」

焼きたて熱々のお肉を口に運ぶと……その美味しさに、思わず瞳を見開いてしまった。少し濃いめのタレがガツンと感じられて、そのすぐあとに肉の旨みが溢れ出す。肉は噛みごたえはあるけど決して固くはなくて、最高に美味しい。ラスタも口の中に入れると——幸せだ。

「ほう、美味いな」

隣に座るダスティンさんからそんな声が聞こえ、私は同意するように頷いた。

「すっごく美味しいですね！」

「やはり路地裏の店にはたまに大当たりがあるな。レーナのヒレも1つもらっていいか？」

「もちろんです。あっ、ダスティンさんの胸肉も1つもらいますね」

お互いに頼んだものを交換してまたお肉を口に運ぶと、部位が違うお肉はまた別の美味しさがあった。

「こっちも美味しいです！」

「そうだな。これは全ての肉を制覇してみたくなる」

そうして私とダスティンさんが楽しんでいると、もう何度も食べているからか感動が薄そうなジャックさんが、驚いた様子で口を開いた。

「2人は本当に仲がいいんですね……」

「仲がいい……まあ、そうかもしれないな。何せレーナは休日のほとんどを私の工房で過ごしている」

なんかそう言われると私って、ダスティンさんの工房に行きすぎかな。でも魔道具研究はそれほどに面白いんだよね……あとダスティンさんのお昼ご飯が美味しい。これも理由の1つだったりする。

「そんなに……」

「そういえば、2人はどういう関係なんだ？」

今更ながらルイに問いかけられ、私は答えようとして少し迷った。

「商会員とお客さん……というよりも、友達？」

いや、この歳の差で友達は違うかな。それなら知り合い？　でも休日に入り浸《びた》ってる家の相手を知り合いって言うのも違う気がする。

「レーナは助手じゃないか？」

「あっ、それしっくりきますね」

ダスティンさんが助け舟を出してくれた。確かに私は魔道具研究の助手的な立ち位置かもしれない。一応アドバイスもできてるみたいだし。

「助手って、ダスティンさんは何かやってるのか？」

「ああ、私は魔道具師だ」

「え、すげぇ！」

魔道具師という言葉に、ルイは一気に瞳を輝かせた。やっぱり魔道具師って珍しい職業なんだね。

「レーナは魔道具師の手伝いをしてて、ジャックおじさんと同じ商会で働いてんのか……え、もしかしてレーナって凄いやつ？」

ルイがそんな言葉を口にすると、ジャックさんが呆れた表情で突っ込んだ。

「今更分かったのか。レーナは天才だぞ」

ジャックさんに素直に褒められると恥ずかしくて、頬が赤くなってしまう。この評価を裏切らないように、これからも頑張らないとね。

「そうなのか……じゃあレーナを彼女にするなら、俺ももっと頑張らないとだな」

真剣な表情でそう呟いたルイに、私は断るならこのタイミングしかないと思って口を開いた。

「あの、ルイ」

呼びかけると、ルイは私の瞳をまっすぐ見つめてくれる。

「なんだ？」

「その……私はルイの彼女には、なれないかな。今は恋愛に興味がないし、ルイとは会ったばかりだし……」

そう伝えると、とにかく前向きなルイは全く気にしてない様子で笑みを浮かべた。

「それなら一緒に遊ぶうちに好きになってくれればいいぞ！」

「いや、そういうことじゃなくてね……私がルイのことを好きになる可能性は限りなく低いというか」

10年ぐらい経ってルイが大人になれば可能性はあるけど、やっぱり子供に恋愛感情は湧かないよね……そしてこの年頃の一目惚れとか言ってる男の子が、10年も待ってくれるはずがない。

「なんでだ？　俺はレーナの好みじゃないのか？」

「うーん、まあ、そうかも」

「レーナの好みってどんなやつなんだ？」

うっ……そんなに突っ込んで聞いてくる？　でも答えないのも不誠実だよね。

「……年上、とか」

小さな声でそう伝えると、ルイはあんまりショックも受けてないように、「そうか〜」と相《あい》槌《づち》を打つ。しかし私はめちゃくちゃ恥ずかしい。だってこの場には年上が2人もいるのだ。

いや、別に2人が好みって言ってるわけじゃないんだけど。

「じゃあ、ジャックおじさんが好きなのか？」

「い、いや、そういうことじゃないの！　ジャックさんは推しだから」

「なんだ、推しって」

「えっと……恋愛感情じゃない好き、みたいな。かっこいい〜って見てるだけで満足みたいな」

「あぁ、確かにジャックおじさんって顔だけはいいもんな」

そう言ったルイを、ジャックさんは肉を咀嚼しながら軽く叩いた。

「顔だけじゃなくて優しさだってあるだろ」

「そうかぁ～？　まあいいや、じゃあ、そっちのダスティンさんは？」

「え、ダスティンさん？　ダスティンさんは……」

私はそこで言葉に詰まった。ダスティンさんのことを好きとか嫌いとか、そういう感情で見たことがなかったのだ。ジャックさんはとにかく見た目が好き！　って感じだったけど……。

「ダスティンさんは――嫌いじゃないよ」

初対面だと怖さもある見た目だけど、実は凄くいい人だもんね。魔道具研究は楽しいし、研究に熱中してるダスティンさんといるのは面白いし、色々と教えてもらえるから勉強になるし、料理は美味しいし。

そんなことを内心で考えていると、ルイに突っ込まれた。

「嫌いじゃないって微妙な言い方だな。好きってことか？」

「いや、それはちょっと違うというか……あっ、嫌いってわけじゃないよ？」

でも好きって言い切るのは、ちょっと大人として抵抗がある。じゃあジャックさんはいいのかって言われると、そこは推しだからとしか説明できないんだけど。

「よく分からないぞ？」

「……と、とにかく、そういうことを根掘り葉掘り聞くと嫌われるよ！」

話を終わりにしようと無理やりそう切ると、ルイは不満げな表情を浮かべながらも、とりあえず頷いてくれた。

「分かったよ。とにかく、レーナはこの2人というよりも年上が好きなんだな」

「そうそう、そうなの。だからルイとは……」

「でも具体的に好きな人がいるわけじゃないんなら、俺にも可能性ありそうだな！」

私はその言葉を聞いて、ガクッと体を傾かせてしまった。結局ルイは諦めないんだ……ちょっと尊敬の念が湧いてくる。さすが子供なのか、ルイが凄いのか。

普通はここまで断られたら、それ以上に押すのって難しいよね。

「でもまあ、レーナは今すぐ彼女になってくれなさそうだし、他の女の子に声かけようかな」

今度は体を傾けるどころか椅子から落ちそうになった。ダスティンさんが私の腕を掴んで、椅子の上に引き上げてくれる。

「ありがとうございます……」

諦めてくれたんならよかったけど、さすがに移り気すぎるよ！

「お前なぁ。そのうち女の子に刺されるぞ？」

「え、なんで？」

ジャックさんは疲れた表情で、不思議そうなルイの顔を見つめた。そして小さな声で呟く。

「……兄貴と義姉さんに任せるか」

ルイの天性の？　女性を口説く性格を嗜めることは諦めたらしく、ジャックさんはひたすら肉を焼くことに注力し始めた。

そこで私もとりあえずの問題解決ということで、食事を楽しむことにする。

「ジャックさん、このお肉もらっていい？」

「ああ、いいぞ」

「ダスティンさんも1つお肉ください」

「構わない。好きなだけ食べるといい」

「ありがとうございます」

それからは焼き肉の美味しさと楽しさを堪能しつつ、なんだかんだ明るくて素直なルイとも打ち解けて色々な話をして、夜の時間は過ぎていった。

私がこの世界で瀬名風花の記憶を取り戻して最初に掲げた目標は、幸せな結婚をすることだった。私の相手は誰になるのだろうか。まだまだ先のことだけど、ルイのせいでつい考えてしまう。

一緒にいると穏やかな気持ちになれるような、そんな人が相手だったらいいな……そんなことを漠然と思った。

あとがき

皆様お久しぶりです。蒼井美紗です。

この度は「転生少女は救世を望まれる」第2巻を刊行できましたことを、とても嬉しく思っております。皆様のおかげです。本当にありがとうございます！

あとがきをお読みの皆様はすでに本編を読まれていると思いますが、2巻もお楽しみいただけたでしょうか。2巻は物語の舞台が街中に移り、レーナがより生き生きと生活している様子を楽しんでいただけたかなと思います。

また1巻ではあまり登場シーンの多くなかったダスティンさんが、今回はたくさん活躍してくれました。終盤ではダスティンさんの秘密も明らかになり……（まだ本編を読んでない方がいることを考慮して、ネタバレは控えておきます）物語も大きく動き出したのではないかと思います！

それから今巻で追加キャラクターのイラストを描いていただけたのですが、こちらはどうだったでしょうか。私的にはもう、素敵すぎるイラストで見るたびに感動しています……！

蓮深ふみ先生、本当に凄いですよね。どのキャラクターも最高に素敵な中、特に私が気に入っているのはポールさんです。優しそうで、見ているだけで和む感じが凄く好きです。

ポールさんは本編でジャックさんとの違いを嘆いていましたが、私的にはポールさんも十分に魅力的だと思います（笑）新進気鋭の大きな商会で働いていて、賢くて、癒される容姿で、料理ができて、休日は美食巡りを一緒にできて……どう考えてもモテますよね。

と、話が逸れましたが、物語と同時に蓮深ふみ先生のイラストも楽しんでいただけたらと思います！

レーナの物語にはまだまだ続きがありますので、続きも書籍という形で皆様にお届けできることを願っております。

私の作品を書籍という形にしてくださったツギクルブックス様、より良い作品となるよう尽力してくださった担当編集様、そして素敵すぎるイラストを描いてくださった蓮深ふみ様、他にも今作に関わってくださった全ての皆様、本当にありがとうございました。

素敵な1冊を刊行でき、とても嬉しいです！

2024年4月　蒼井美紗

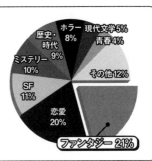

社交界の毒婦とよばれる私
～素敵な辺境伯令息に腕を折られたので、責任とってもらいます～
来須みかん
イラスト 眠介
はいはいお望みどおり、頭からワインをぶっかけてあげますね！
「小説家になろう」
異世界恋愛ランキング
年間1位！
(2024/3/14時点)

こんなはずじゃなかった？
～私は自由気ままに暮らしたい～
それは残念でしたね
著：風見ゆうみ
イラスト：しあびす
もふもふな仲間に囲まれて、楽しく過ごすことにしました！
コミカライズ企画進行中！
幼い頃に両親が亡くなり、伯父であるフローゼル伯爵家の養女になったリゼ。
ある日、姉のミカナから婚約者であるエセロを譲れと言われ、家族だと思っていた人達から嫌がらせを受けるようになる。やがてミカナはエセロを誘惑し、最終的にリゼは婚約破棄されてしまう。
そんなリゼのことを救ってくれたのは、かっこよくてかわいいもふもふたちだった！？
家を出たリゼが、魔法の家族と幸せに暮らす、異世界ファンタジー！
定価1,430円（本体1,300円＋税10%）
ISBN978-4-8156-2561-0
ツギクルブックス
https://books.tugikuru.jp/

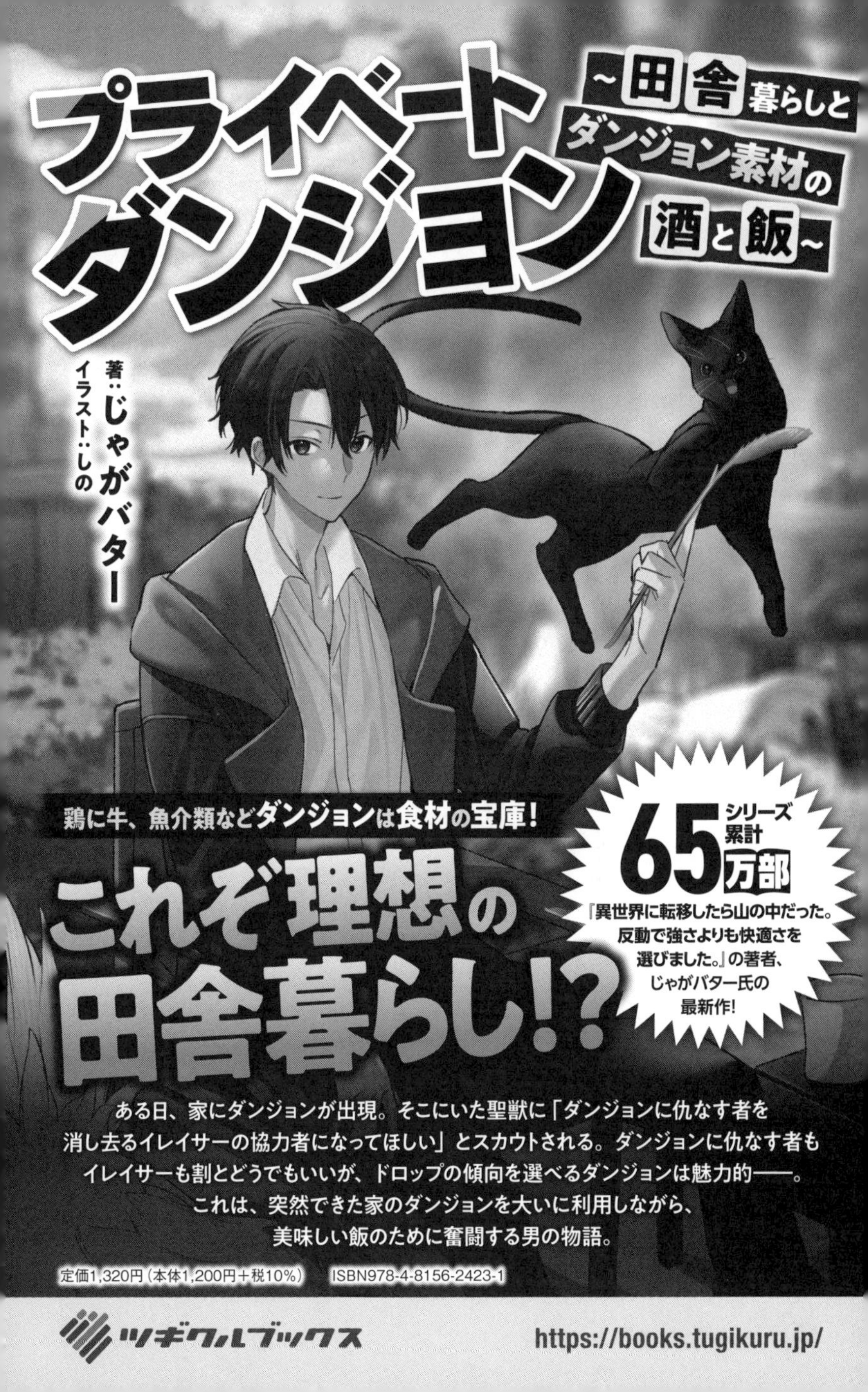
プライベート・ダンジョン
～田舎暮らしとダンジョン素材の酒と飯～
著：じゃがバター
イラスト：しの
鶏に牛、魚介類などダンジョンは食材の宝庫！
これぞ理想の田舎暮らし!?
シリーズ累計65万部
『異世界に転移したら山の中だった。反動で強さよりも快適さを選びました。』の著者、じゃがバター氏の最新作！
ある日、家にダンジョンが出現。そこにいた聖獣に「ダンジョンに仇なす者を消し去るイレイサーの協力者になってほしい」とスカウトされる。ダンジョンに仇なす者もイレイサーも割とどうでもいいが、ドロップの傾向を選べるダンジョンは魅力的——。
これは、突然できた家のダンジョンを大いに利用しながら、美味しい飯のために奮闘する男の物語。
定価1,320円（本体1,200円＋税10%）
ISBN978-4-8156-2423-1
ツギクルブックス
https://books.tugikuru.jp/

逆行した悪役令嬢は、なぜか魔力を失ったので深窓の令嬢になります
「フロースコミック」からコミックスも好評発売中!
1~7
著†蒼伊
イラスト†RAHWIA
魔力がなくても精霊と一緒に未来を変えます!

出ていけ、と言われたので出ていきます
1~5
著
枝豆ずんだ
イラスト
アオイ冬子
緑川明
婚約破棄を言い渡されたので、
その日のうちに荷物まとめて出発!
猫と一緒に
二人(?)旅を楽しみます!

誓略結婚
～あなたが好きで結婚したわけではありません～
著：綺咲 潔
イラスト：祀花よう子
義弟のために領地改革がんばります！
5歳の義弟が可愛いすぎ！
病床に伏せっている父親の断っての願いとあって、侯爵令嬢のエミリアは、カレン辺境伯の長男マティアスとの政略結婚を不本意ながら受け入れることにした。それから二人の結婚式が行われることになったが、夫となるマティアスは国境防衛のため結婚式に出ることができず、エミリアはマティアスの代理人と結婚式を挙げ、夫の領地であるヴァンロージアに赴くことに。望まぬ結婚とはいえ、エミリアは夫の留守を守る女主人、夫に代わって積極的に領地改革を進めたところ、予想外に改革が成功し、充実した日々を過ごしていた。しかし、そんなある日、顔も知らない夫がとうとう帰還してきた……。はたして、二人の関係は……？
定価1,430円（本体1,300円＋税10％）　ISBN978-4-8156-2525-2
ツギクルブックス
https://books.tugikuru.jp/

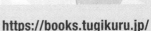

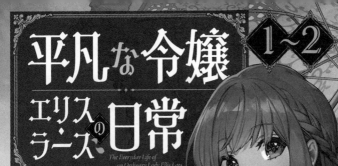

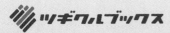

ツギクルブックス

愛読者アンケートに回答してカバーイラストをダウンロード！

愛読者アンケートや本書に関するご意見、蒼井美紗先生、蓮深ふみ先生へのファンレターは、下記のURLまたは右のQRコードよりアクセスしてください。
アンケートにご回答いただくとカバーイラストの画像データがダウンロードできますので、壁紙などでご使用ください。
https://books.tugikuru.jp/q/202404/tenseishojokyusei2.html

本書は、「小説家になろう」（https://syosetu.com/）に掲載された作品を加筆・改稿のうえ書籍化したものです。

転生少女《てんせいしょうじょ》は救世《きゅうせい》を望《のぞ》まれる2
～平穏《へいおん》を目指《めざ》した私《わたし》は世界《せかい》の重要人物《じゅうようじんぶつ》だったようです～

2024年4月25日　初版第1刷発行

著者　蒼井美紗《あおいみさ》

発行人　宇草 亮
発行所　ツギクル株式会社
〒105-0001　東京都港区虎ノ門2-2-1
発売元　SBクリエイティブ株式会社
〒105-0001　東京都港区虎ノ門2-2-1

イラスト　蓮深ふみ
装丁　株式会社エストール

印刷・製本　中央精版印刷株式会社

ISBN978-4-8156-2635-8
Printed in Japan